Ralf Kramp

... denn sterben muß David!

Ralf Kramp, geboren 1963 in Euskirchen, lebt und arbeitet als Karikaturist, Krimiautor und Veranstalter von Krimi-Erlebniswochenenden in Bad Münstereifel. Nach seinem ersten Kriminalroman, »Tief unterm Laub«, für den ihm im Jahr 1996 der Eifel-Literaturförderpreis verliehen wurde, veröffentlichte er mit »Spinner«, »Rabenschwarz« und »Der neunte Tod«, eine Romantrilogie um seinen kauzigen Helden Herbie Feldmann.

Nach »Still und starr«, seinem fünften KBV-Krimi, gab er mit Manfred Lang die erfolgreiche Sammlung von Eifeler Schauer- und Gruselgeschichten, »Abendgrauen«, heraus.

»... denn sterben muß David!« ist sein erster historischer Kriminalroman.

Ralf Kramp

... denn sterben muß David!

KBV KRIMI

Ein herzlicher Dank für kluge Ratschläge und fachliche Unterstützung:
Dr. Mario Kramp (...für den Anstoß),
Herrn Harald Bongart, Heimatmuseum Bad Münstereifel,
Dr. Christian Leitzbach,
Prof. Ulrich Mehler,
Prof. Dr. Axel Hausmann, RWTH Aachen,
Dr. Thomas Bauer, Universität Trier,
Dr. Harald Müller, Humboldt - Universität Berlin,
und Herrn Uwe Lochstampfer, den Giftpflanzenspezialisten.

www.kbv-verlag.de
E-Mail: Info@kbv.de
Telefon: 02381 - 49 20 20
Fax: 02381 - 49 20 22
Redaktion: Dorothee Steuer, Sankt Augustin
Umschlagillustration: Ralf Kramp
Gesetzt aus der Palatino-Roman
Druck: Fuldaer Verlagsanstalt GmbH
Printed in Germany
Erst Auflage: März 2001
ISBN 3-934638-82-1

Für meine Eltern.

Keine Tatorte und keine Zeugen mehr und dann beständig die Furcht vor unbarmherzigen Historikern im Nacken, ...

Doch wir müssen uns damit abfinden: Genauso hat sich alles zugetragen!

Der Verfasser

Vorab

Es ist hauchdünnes Eis, auf das man sich begibt, wenn man den kühnen Plan faßt, eine Geschichte zu erzählen, die sich vor zwölfhundert Jahren zugetragen hat.

Über die zeitgeschichtlichen Ereignisse weiß man viel, doch wenn es um frühmittelalterliches Alltagsleben geht, dann hat man seine liebe Mühe, sich in bruchstückhaften und unzureichenden Quellenüberlieferungen zurechtzufinden, und selbst Historiker, die bereits prächtige Vorarbeit geleistet haben, widersprechen einander in ihren Werken zumeist vehement.

Worauf kann man sich stützen?

Von den Bauwerken ist kaum mehr übriggeblieben als hie und da eine Handvoll Stein, als gerade einmal der Kern der Macht, die steinernen Bauten der Pfalzen.

Dach und Fach, unter denen Menschen lebten und arbeiteten, haben die vergangenen eintausendzweihundert Jahre längst vom Erdboden getilgt.

»O glücklichster Leser, wasche Deine Hände und fasse so das Buch an, drehe die Blätter sanft, halte die Finger weit ab von den Buchstaben.

Der, der nicht weiß zu schreiben, glaubt nicht, daß dies eine Arbeit sei.

O wie schwer ist das Schreiben: Es trübt die Augen, quetscht die Nieren und bringt zugleich allen Gliedern Qual. Drei Finger schreiben, der ganze Körper leidet ...«

(Notiz des Schreibers eines westgotischen Rechtsbuchs aus dem 8. Jahrhundert.)

Erstes Kapitel

Es gab eine kleine Hütte an der Prüm, dort unten, wo das Flüßchen eine scharfe Kehre macht und der Wald bis an das Wasser heranreicht. Wenn der Fluß hohes Wasser führte, zitterten die Spitzen des Farnkrauts beständig über seiner Oberfläche. Die Mönche pflegten dort Fische zu fangen, von denen es an dieser Stelle reichlich gab.

Über dem Bergrücken war der erste zarte Schimmer des anbrechenden neuen Tages zu erahnen.

Die beiden Männer schwiegen verbissen, und unruhig schritt der eine von ihnen, ein finster dreinblickender Bursche mit wallendem schwarzen Bart hin und her. Auch seinem Bruder, dessen Gesicht gleichmütiger schien, dessen Augen ruhig und mit besonnenem Blick die frühmorgendliche Schattenwelt zu durchdringen versuchten, gelang es kaum, seine Aufregung zu verbergen. Seine feingliedrigen Finger fuhren immer wieder nervös über den groben Stoff der Kapuze, die er über seinen kahlgeschorenen Schädel gezogen hatte.

Was wäre, wenn er nicht käme? Hatte er es sich am Ende anders überlegt, hatte seinen Haß bezähmt und war wieder in Lethargie verfallen, hatte er sich in sein bitteres Schicksal ergeben, wie damals, vor neun langen Jahren?

Die Luft war kühl, feucht, und klamm kroch der Morgen heran, Nebel senkte sich in das Tal. Ein großer Vogel glitt lautlos über ihre Köpfe hinweg, nur das Rauschen seiner Schwingen mischte sich unter das leise Gurgeln des Wassers weiter unterhalb.

Dann, endlich, hörten sie Schritte. Jemand näherte sich von Norden her durch den Wald und gab sich keine Mühe, sein Kommen zu verbergen. Rasch, und ohne ein Geräusch zu verursachen, suchten die beiden Schutz hinter dem dichten Laub des Waldrandes.

Farnwedel schoben sich auseinander und Geäst knackte, und eine Gestalt erschien auf der kleinen Lichtung. Rauher, schmuckloser Stoff baumelte bis auf die Knöchel, die knotigen Füße steckten in ledernen Sandalen. Ein derber Strick war um die Mitte des Leibes gebunden und hielt die Kutte verschnürt. Unnatürlich vornüber gebeugt stand er da, die Schultern hängend, den Kopf gesenkt, tiefer noch, als er es vor Jahren getan hatte. Der Rücken war gewölbt, unansehnlich verformt, unter der aschefarbenen Kleidung wölbte sich ein enormer Buckel empor.

Der bedeckte Kopf ging langsam rundum. Stumm suchte der Mann nach einer Spur der beiden Männer, mit denen er hier in den frühen Morgenstunden verabredet war.

Sie traten langsam und ohne Furcht aus ihren Verstecken.

»Wir haben auf dich gewartet«, sagte der Bärtige. »Lange. Es ist kalt in diesem Land. Selbst jetzt im Sommer. Vor zwei Tagen gab es noch Reif auf den Blättern. Mein Bruder und ich sind es leid, nur in der Nacht zu wandern.«

Ihr Gegenüber griff nach der Kapuze und schob sie ganz langsam in den Nacken. Auch er trug den kahlrasierten Schädel, der ihn als ein Geschöpf auswies, das weltlicher Zier nicht mehr länger bedurfte. Ein erster, neugieriger Sonnenstrahl stahl sich durch das Blätterdach und huschte über sein Gesicht. Es war immer noch ein wohlgeformtes Antlitz: Eine gerade feine Nase und zwei skeptisch geschwungene Augenbrauen. Um den Mund hatten sich in den zurückliegenden Jahren tiefe Furchen der Verbitterung eingegraben. Nur der klare Blick aus strahlend blauen Augen war ungetrübt und musterte sie neugierig.

»Früher war es mir nicht möglich. Bei der matutina zu fehlen wäre verräterisch gewesen. Man hätte es sicherlich bemerkt. Abt Assuer hält mich zwar nicht mehr unter Bewachung, aber wenn ein Mönch beim Morgengebet fehlt, erregt er Verdacht.« Der Bucklige trat näher und berührte den kleineren der beiden Männer vorsichtig an der Schulter. »Theodo?«

Der Angesprochene nickte. »Eben der.«

»Und ich bin Theodbert«, fügte sein bärtiger Bruder an. »Wir sind die letzten unseres Geschlechts. Schon ein halbes Jahr sind unser Vater und unsere Mutter tot und begraben, eingegangen zwischen den Klostermauern von St. Jumiège. Dieses Schicksal soll uns nicht ereilen.«

»So hat es mir der Bursche berichtet, den ihr mir gesandt habt.« Seine Blicke wanderten unablässig über die Gesichter der beiden Männer. »Es tut gut, euch zu sehen. Es ist so lange her, daß ich jemanden getroffen habe, der meiner Erinnerung an jene Tage wieder eine Gestalt verleiht«, sagte der bucklige Mönch. Tränen traten in seine Augen, und er wandte sich ab. »So viel Zeit ist seither vergangen. Unsere Tage sind so randvoll gefüllt mit frommen Gebeten und gottgefälliger Arbeit, daß es mir manchmal beinahe erscheint, als sei dies nun meine Bestimmung bis ans Ende meiner Tage.« Er trat von einem Fuß auf den anderen und senkte den Kopf. Seine Hände suchten Halt an den jungen Birkenstämmen.

»Willst du uns sagen, daß wir nicht auf deine Hilfe zählen können?«, fragte Theodo leise und beinahe ängstlich. Sein Bruder öffnete bereits den Mund, um wütend loszupoltern, als der Bucklige herumfuhr und sich aufreckte, so gut er konnte. Seine Augen waren voller Empörung weit aufgerissen. »Niemals!«, rief er. »Wie könnte ich euch zurückweisen? Wie könnte ich euch meine Mithilfe versagen. Ist nicht unser Schicksal dasselbe? Haben wir nicht Jahr um Jahr in der Gefangenschaft der Klostermauern verbracht, egal ob in St. Jumiège oder hier in Prüm, durch den Befehl ein und desselben Mannes? Ist er nicht unser aller Verderben, der Mann, der sich König... ja, seit dem letzten Weihnachtsfest nun auch noch... Kaiser nennt?« Er spuckte den Titel geradezu in die kühle Morgenluft. »Nein!«, schrie er dann. »Nein! Unser Schicksal ist nicht dasselbe! Ihr habt Vater und Mutter verloren. In der Ferne liegen sie jetzt begraben und durften ihre Heimat nie wiedersehen! Mein Vater aber...« Einen Moment lang herrschte Stille, bevor er weitersprach. »Er ist der, der uns all dies angetan hat. Also zählt mich zu den Euren.«

Theodbert war versucht, ihm vor Erleichterung kameradschaftlich auf die Schulter zu schlagen, aber er schreckte vor dem deformierten Körper zurück und riß statt dessen die kraftvoll geballte Faust in die Luft. »Für einen Augenblick war mir so, als sei alles umsonst gewesen. Das jahrelange Ausharren, unsere Flucht aus dem Kloster, der beschwerliche Weg hierher. Aber jetzt...«

»Ich habe alles so getan, wie ihr es mir habt mitteilen lassen. Ihr könnt euch glücklich schätzen, daß Bruder Ulfried aus Trier solchen Dingen nicht abgeneigt ist. Es war ja beinahe ein Wunder, daß ausgerechnet er es war, der in diesen Tagen in unserem Kloster weilte. Er ist begabt und hegt keine Skrupel. Das ist gut. Ein anderer an seiner Stelle hätte den Plan ohne Zögern ans Licht gebracht.« In den Augen des Buckligen glomm ein verwegenes Leuchten auf. Er hatte begonnen, unablässig seine Hände zu reiben. »Es kann gelingen, soviel ist sicher. Der Plan ist gut. Oh ja, er ist gut.«

»Wann werden wir es bekommen?«, fragte Theodo.

»In drei Tagen wird ein Bote aus Trier Rast in Dalaheim machen. Er trägt das bei sich, was wir brauchen, um unser Ziel zu erreichen. Bruder Ulfried hat es mir versprochen, bevor er abreiste.«

Die beiden Brüder nickten einander zu. »Gut, wir werden dort sein.«

»Was ist mit dem Burschen, den ihr ins Kloster geschickt habt? Er hat sich nicht besonders geschickt angestellt. Fast wäre er aufgefallen.«

Einen Moment lang blieb es still. Dann wies Theodbert auf die Hütte im Hintergrund. »Er ist nicht bei Bewußtsein. Wir haben ihn gefesselt. Du hast ganz recht erkannt: Er ist nicht besonders geschickt. Wir haben ihn auf unserem Weg hierher kennengelernt. Er war der Erstbeste, aber wir brauchten jemanden.«

»Und nun?«

Während Theodo in den Weiten seiner zerlumpten Kleidung nach etwas suchte, berichtete er: »Ein Teil des Klosters St. Jumiège ist ein Raub der Flammen geworden. Das Feuer brach in der camba aus. Es war nicht schwer für uns, den Brand so zu legen, daß niemand Verdacht schöpfte. Ich tötete den jungen Burschen aus dem Dorf, der unserem Kellermeister von Zeit zu Zeit zu Willen war. Niemand kümmert es weiter, daß er verschwand.«

»Und ich habe einen einsamen Pilger umgebracht, der in der Nacht von mir eingelassen wurde. Seine Anverwandten werden glauben, daß er unter die Wölfe geraten ist. Ihre Gebeine aber werden, wenn die Schäden der Feuersbrunst erst einmal beseitigt sind, im Grab unserer Eltern beigesetzt werden.«

Theodo hatte einen Dolch hervorgeholt. »Dies ist der Dolch Tassilos von Bayern, unseres Vaters. Man hat ihn nie bei uns gefunden. Jetzt, nach all den Jahren, hat er uns schließlich geholfen.« Er hielt ihn dem Buckligen auf der flachen Hand entgegen.

»Wir haben getötet, um unseren Plan durchzuführen. Jeder hat ein Menschenleben auf dem Gewissen, und wir alle wissen, daß noch andere folgen werden, bevor wir unser Ziel erreicht haben. Jetzt ist es an dir, Pippin.«

Der Bucklige schrak zurück. Sein Blick war angstvoll auf die blanke Klinge gerichtet. »Ich kann nicht! Oh nein, bei Gott, das kann ich nicht!«

»Du mußt!«, zischte Theodbert und packte ihn am Arm. »Er könnte uns verraten. Je weniger Spuren wir hinterlassen, um so sicherer sind wir!«

»Oder willst du dein Leben hier beenden?« Der jüngere Bruder kam ihm bedrohlich nahe. »Willst du das? Hier, fernab von allem, was diese Welt schön macht, von allem, was dir zusteht? Bist du nicht Pippin, den sie den Buckligen nennen, den sein Vater verstoßen hat, weil er sich aufgelehnt hat? Pippin, den man seines Namens beraubt hat? Ein anderer Bastard deines Vaters trägt ihn nun! Hol ihn dir zurück! Dies ist die letzte Chance, die das Schicksal für dich bereithält!« Sodann packte er Pippins Hand und drückte den Griff des Dolches hinein.

Grob stieß sein Bruder Theodbert den Mönch in Richtung der Hütte, und stolpernd setzte der Bucklige den Weg fort. Am Eingang zögerte er noch einmal und blickte zurück. Aber die beiden versteinerten Mienen ließen ihm keine Wahl.

Alles ging ganz lautlos vonstatten. In der Finsternis des kleinen hölzernen Verschlags erkannte er die reglose Gestalt des Mannes, dem es noch vor wenigen Tagen gelungen war, ihn unbehelligt im Kloster aufzusuchen und die Nachricht der beiden bajuwarischen Brüder zukommen zu lassen. Er sah, daß er an Händen und Füßen gebunden war, daß in seinem Mund ein dreckiger Knebel steckte. Und als er sich niederkniete, den Dolch in beide Hände nahm und mit Wucht in den Leib des Bewußtlosen rammte, da schloß er die Augen, um nicht das Blut zu sehen, das hervorschoß, um nicht den Blick des Sterbenden zu sehen, der die Augen aufriß, als die Klinge in ihn eindrang.

Und in der Schwärze seiner Gedanken, da war es Karl, den er mit diesem Stoß tötete, der mächtige König der Franken, der schutzlos vor ihm lag und sich nicht wehrte. Sein Vater, sein Richter und sein Verderben. Und da holte er noch einmal aus und stieß erneut zu, und fühlte, wie das warme Blut über seine Hände rann.

Als die Söhne des toten Tassilo von Bayern wenig später nach ihm sahen, da ertönte aus der Ferne schon die Glocke des Klosters, die zur prim rief.

Pippin war schluchzend über der Leiche zusammengebrochen. Sein mächtiger Buckel bebte, seine Füße scharrten im Staub.

Theodo faßte ihn bei der Schulter.

»Du mußt gehen, Freund«, sagte er ruhig. »Wir schaffen ihn fort. Der nächste Zug ist nun wieder an uns.«

»Von jetzt an kann uns niemand mehr aufhalten...«, sagte Theodbert fest.

»...denn sterben muß David!« vollendete Pippin leise.

Zweites Kapitel

Das Schwein stieß panische schrille Schreie aus, jedes Aufstampfen seiner Klauen wurde von heiserem Quieken und spitzem Kreischen begleitet, als es über den gestampften Lehm rund um den Hof galoppierte. Schließlich gelang es seinen Verfolgern, es an der Hauswand in die Enge zu treiben. Es waren Enno, ein junger Mann, dem die fransigen Haare ins Gesicht baumelten, und sein Onkel, ein fetter Kerl mit hervorquellenden Augen, die das Tier angriffslustig anvisierten. Schließlich warf sich der dicke Mann auf das Schwein, das sofort wieder lospreschen wollte, doch der Junge packte es beherzt um den Hals, und sein Onkel kriegte die Hinterläufe zu fassen, nachdem das Tier ihm ein paar kräftige Tritte in seinen fetten Wanst und gegen die Brust versetzt hatte. Ein Ohr des Schweins war eingerissen, Blut spritzte durch die Gegend und spritzte über Ennos Gesicht. Als es wenig später der Tante, die während der ganzen Zeit fluchend von einem Bein auf das andere gesprungen war, gelang, einen Strick um den Hals des Borstenviehs zu schlingen, konnte der Onkel das Tier schließlich zurück in das Gatter zerren, wo es hingehörte.

Enno klopfte sich den Lehm von den Kleidern, wischte sich mit dem Armrücken durch das blutbesprenkelte Gesicht und setzte ein schiefes Grinsen auf. »Puh, das war eine schöne Jagd«, konnte er gerade noch sagen, bevor ihn das schallende Klatschen der Ohrfeige seines Onkels überraschte. Der Schlag traf den jungen Mann so hart, daß er rücklings wieder im Dreck landete. »Du verdammter Schwachkopf!«, fluchte sein Onkel und wollte sich erneut auf ihn stürzen. »Das Vieh läßt du uns laufen, unser Bier säufst du, ich sollte dich erschlagen!« Aber die Tante, eine verhärmte Frau mit groben Gesichtszügen hielt ihn zurück. »Laß ihn, Mann, laß ihn. Du versündigst dich nur, und am Ende bist du der Dumme. Er wird nichts zu essen kriegen heute abend. Vielleicht erinnert er sich dann doch irgendwann einmal daran, wie viel Dank er uns schuldet, der blöde Trottel.«

Enno hockte auf dem Boden und rieb sich die feuerrote Wange. Unter seinen Fransenhaaren hindurch blickte er den beiden klobigen Gestalten nach, die im Haus verschwanden. Einen Trottel und einen Schwachkopf nannten sie ihn, das war seit jeher so. Er war jetzt schon zwanzig Jahre, ein erwachsener Mann also. Seit seine Eltern tot waren, lebte er auf dem Hof dieses Packs, von dem er betrübt feststellen mußte, daß sie seine einzigen Verwandten waren. Manchmal war ihm danach, einfach seine Sachen zusammenzupacken und seiner Wege zu gehen. Aber dann hielt ihn die Bequemlichkeit doch wieder zurück, und er sagte sich, daß vielleicht ein Bett im Stroh oder ein bißchen was zu beißen so ein paar Schläge oder einen ordentlichen Arschtritt dann und wann allemal aufwogen.

Im Dorf glaubte man, er halte all das nur aus, weil er in Wirklichkeit darauf aus sei, in ein paar Jahren den Onkel und die Tante, die beide nicht mehr jung waren, zu beerben, und den ansehnlichen Hof, den sie bewirtschafteten, sein Eigen zu nennen. Schließlich war dem abscheulichen Gespann nie ein Kind geschenkt worden.

Von Zeit zu Zeit dachte er daran, wie es sein würde, wenn einst der Tag käme, an dem der fette, alte Kerl seinen letzten weinstinkenden Atem aushauchen würde. Keine Träne würde Enno dann vergießen, soviel stand fest. Aber wäre es ein Grund zur Freude?

Schon von Kindesbeinen an, als Vater und Mutter noch lebten, hatte er das Gefühl gehabt, anders zu sein als die übrigen Kinder des Dorfes. Wenn die Burschen ihre Kräfte maßen und ihre Muskeln spielen ließen, war er nie dabei gewesen. Er war kein Schwächling, das beileibe nicht. Wenn zugepackt werden mußte, war er zur Stelle. Aber es hatte ihm nie Spaß bereitet zu zeigen, was er alles vollbringen konnte, wenn er sich anstrengte. Er hatte oft den Eindruck, daß er unter den jungen Burschen, die er kannte, der einzige war, der seinen Kopf auch zum Nachdenken benutzte, statt nur zum Fressen, Saufen und Fluchen. Die Neugier war seine größte Untugend, dessen war er sich bewußt. Es hatte ihn immer gereizt, hinter die Dinge zu schauen, und es war ihm ein großes Geschenk, wenn sich einer der durchreisenden Männer, die bei seinem Onkel ein Schlafquartier bekamen, dazu herabließ, ihm von fremden Landschaften zu erzählen, die sie bereist hatten, von seltsamen Dingen, die sie mit sich trugen, und vom Leben am Hofe des Königs, in der Pfalz zu Aquis Granum. Denn da kamen sie zumeist her, oder aber es war das Ziel ihrer Reise. Das Ziel all der fremden Männer, der Mönche und Botschafter, die viele Tagesreisen unterwegs waren, die von viel weiter her kamen, als er je in seinem Leben vom Hause seines Onkels wegkommen würde.

Gerade jetzt gab es einen Gast, der zur Mittagszeit in der Siedlung Dalaheim angelangt war, auf einem stattlichen Pferd, pralle Satteltaschen voller Geheimnisse bei sich tragend, die er in die ferne Stadt zu bringen hatte. Er hatte abschätzig das notdürftige Lager betrachtet, das ihm der Onkel für die Nacht angeboten hatte, und hatte sich durstig über das Bier hergemacht, das die Tante ausschenkte, um ihn milde zu stimmen, da der Preis für das Nachtlager bei weitem zu hoch war. Ein paar Denare hatten den Besitzer gewechselt, und nun ruhte der Mann hinter der Scheune im Schatten eines Baumes und streckte seine nackten Zehen der Sonne entgegen. »Was ich bei mir trage, kann getrost einen Tag später an seinem Zielort angelangen«, hatte er Enno erklärt, als der ihm auf Geheiß seines Onkels einen weiteren Krug Bier an seinen Rastplatz gebracht hatte. »Dein Vater ist ein rechter Halsabschneider, und ich sollte noch bis zum Einbruch der Dunkelheit weiterreiten, bis nach Aquis Granum. Aber ich denke ich habe mir ein paar Stunden Rast redlich verdient. Durch den Eifelgau zu reisen, ist kein Kinderspiel.«

Dabei ließ er fortwährend den Kopf hin- und herwandern und sein Blick durchstreifte die Umgebung, als halte er nach etwas Ausschau. Und Enno war es, als sei dies nicht der wahre Grund für seinen Aufenthalt auf ihrer Hufe. Er zögerte einen Moment, und schließlich entschlüpfte ihm die Frage: »Was führt Ihr denn so wichtiges mit Euch, daß man es in Aquis Granum erwartet?« Wie schon gesagt, er war wirklich sehr neugierig.

Der grauhaarige Mann verzog den Mund zu einem

Grinsen. Aus seiner Nase wucherte dichtes, graues Haar. »Das, mein Junge, kannst du nicht verstehen, glaube mir. Selbst wenn ich es dir zeigte, könntest du dir doch in deinem dummen Kopf keinen Reim darauf machen.« Und dann hatte er den Krug in einem Zug geleert, und er hatte ihn Enno zugeworfen. Sein Blick sagte ihm nur zu deutlich, daß er nun wieder allein gelassen werden wolle. Und wieder starrten seine Augen hinüber zu den Höfen von Wernar und von Erebold, die in der Ferne zu erkennen waren.

Und jetzt saß Enno also im Dreck, stank nach Schweineblut und war schon wieder mal ein »blöder Trottel« genannt worden, so, als seien die langen blonden Strähnen nur das Stroh, das aus seinem leeren Schädel herauswucherte.

Er rieb seine Hand, mit der er in die Schweinescheiße gegriffen hatte, an seiner Hose ab und rappelte sich auf.

Eines Tages würde er allen zeigen, daß er nicht der Dummkopf war, für den sie ihn alle hielten. Dann würden sie erkennen, daß sie die Trottel waren, und er...

Er schnaubte verächtlich.

»Frag den Fremden, ob er noch was will!«, ertönte die schrille Stimme seiner Tante aus dem Haus. »Und wenn er etwas will, dann tu es!«

Er haßte den Klang ihrer Stimme, er haßte ihre Gestalt und ihre Worte. Sie waren wirklich elende Gestalten.

Enno trat wütend nach einem Huhn, das panisch kreischend davonflatterte, als er auf die Scheune zustapfte, in der man in einer Ecke den fremden Reisenden untergebracht hatte. Als er eintrat und mit seinem Blick das dämmrige Licht im Inneren zu durchdringen versuchte, stellte er fest, daß der Mann sich vermutlich wieder an seinem Ruheplatz unter dem Apfelbaum befand. Sein Pferd stand, friedlich mit den Kiefern mahlend, im hinteren Teil des Gebäudes. Es war dumpfig heiß unter dem Bretterdach, auf das die Sonne den ganzen Tag mit ungnädiger Härte ihre sengenden Strahlen geschickt hatte.

Neben dem Pferd, einem prächtigen Wallach mit edlem Zaumzeug, war dem Mann eine Schlafstatt im Stroh bereitet worden. Für Enno sah das recht einladend aus, und wenn er nicht eine gehörige Tracht Prügel seines Onkels damit riskiert hätte, hätte er sich gerne einen Moment auf dem komfortablen Lager niedergelassen, um zu sehen, wie bequem es denn so für einen Reisenden in ihrem Dorf bestellt wäre.

Gerade, als er sich anschickte, wieder hinauszugehen, um draußen nach dem Gast zu suchen, fiel sein Blick auf das Pferd und seine Satteltaschen. An der einen war die Schnalle geöffnet, und die lederne Schlaufe reckte sich geradezu auffordernd in die Höhe.

Was mochte bloß da drin sein? Was ruhte heute unbewacht hier in ihrem Stall, um schon in ein paar Tagen in der Pfalz des Kaisers anzulangen. Wichtige Dinge, von großer Bedeutung für den Herrscher? Kostbare Sachen für die Damen am Hofe? Die Neugier packte Enno und bohrte sich tief in seine Brust. Sie kitzelte ihn dort solange, bis er sie nicht mehr ignorieren konnte. Was konnte schon so ein kleiner Blick schaden?

Er wollte nichts stehlen, sondern nur schauen, weil er doch so gerne hinter die Dinge sah!

Enno trat zurück an das Tor, spähte kurz nach draußen, und stellte zufrieden fest, daß seine Tante im Haus mit dem Onkel keifte, und daß der Fremde weit und breit nirgends zu sehen war.

Rasch kehrte er in das Halbdunkel des Stalles zurück und lief zu dem Pferd. Das Tier schnaubte ruhig, als er ihm mit sanfter Hand beruhigend über die braune Flanke strich. Noch einmal sandte er einen Blick zum Tor, bevor er schließlich hastig die Satteltasche aufschlug und hineinspähte. Das erste, was er zu fassen bekam, war ein kleines ledernes Beutelchen, das er rasch öffnete, um den Inhalt zu betrachten. Es war ein Kanten Roggenbrot und ein hartes Stück Ziegenkäse, das bereits sein Fett ausschwitzte. Dann holte er einen Apfel hervor, und schließlich ertasteten seine Finger einen länglichen leinenen Sack, in dem es verheißungsvoll knisterte. Er wußte, was darin schlummerte. Er hatte es schon des öfteren bei anderen Reisenden gesehen, die bei ihnen logiert hatten. Als er die Schnur lokkerte, mit der das Bündel zusammengebunden war, wurde seine Vermutung bestätigt. In dem Beutel befanden sich, eng zusammengerollt, Pergamente, große, gewickelte Rollen, von denen er eine eilig hervorzog und aufblätterte.

Über Ennos Gesicht huschte ein seliges Lächeln, als die tiefstehende Sonne einen rötlichen Schimmer durch eine Ritze in der Bretterwand sandte und auf das gelbliche Pergament in seinen Händen fiel. Kleine, schwarze Zeichen reihten sich vor ihm aneinander, wie Perlen auf einer Schnur. Zeile um Zeile war gefüllt mit diesen winzigen Schnörkeln, Häkchen und Strichlein, die so schön und so klar daraufgemalt waren, daß es eine Lust war, mit dem Blick an ihnen entlang zu fahren. Er erkannte das ein oder andere Zeichen wieder, das er früher bereits einmal bestaunt hatte. Er betrachtete die Kunstfertigkeit, mit der am unteren Ende des Bogens ein großes Ornament gemalt worden war, fast so wie ein reichverziertes Kreuz. Und gleichzeitig wurde er auch wieder erfüllt von einer großen Traurigkeit, denn er wußte nun, was der Fremde vorhin gemeint hatte, als er gesagt hatte, daß er sich darauf keinen Reim machen könne. Und er hatte Recht gehabt. Einmal hatte sich ein durchreisender Mönch die Mühe gegeben, ihm zu erklären, wozu diese Kunstwerke gut waren. Er hatte die kleinen Malereien Schriftzeichen genannt, und seither wußte Enno auch, daß es sich um Schrift handelte. Und Schrift, soviel war ihm seither auch bewußt, bedeutete nichts anderes, als daß jemand gesprochene Wörter aufmalte, so daß ein anderer, der dies zu sehen bekam, sie wieder in ein gesprochenes Wort umwandeln konnte. Es waren Gedanken, die hier für jedermann erkennbar aufgemalt waren.

Nicht für jedermann.

Er würde es nie verstehen. Er würde nie in seinem jämmerlichen Leben lernen, diese Buchstaben zu verstehen, oder gar selbst zu schreiben. Sein Los war es, in diesem Dorf zu bleiben und irgendwann die Hufe seines Onkels zu bewirtschaften, wenn dieser einmal unter der Erde war.

Ehrfürchtig ließ er den schmutzigen Finger über

das Papier wandern, ohne es zu berühren. Sonst könnte man herausfinden, daß er es angefaßt hatte, aber, was viel schlimmer wog: Er würde dieses Kunstwerk mit seinen groben Arbeiterhänden, die eben noch in der Schweinescheiße gesteckt hatten, geradezu entweihen.

Das kreuzförmige Zeichen am unteren Rand des Dokuments zog seinen Blick magisch an. Es war zusammengesetzt aus vielen einzelnen dieser Schriftzeichen, und er versuchte, sich seine Konstruktion einzuprägen. Er kannte jemanden, der mit Feder und Tinte umzugehen vermochte. Er hatte ihn lange nicht mehr besucht, den Irren, der in den Wäldern im Norden, bei Uiueri hauste. Aber wer weiß, vielleicht würde er ihn in den nächsten Tagen aufsuchen und würde ihn darum bitten, auch einmal das Schreibwerkzeug benutzen zu dürfen. Ihn überkam eine unglaubliche Lust, es selbst auszuprobieren.

Ein trockenes Räuspern ließ ihn aus seinen Gedanken hochfahren. Als er den Blick zur Stalltür wandte, zeichnete sich dort die Silhouette des Fremden finster gegen den hellen Himmel ab. Er hatte die Hände in die Seiten gestemmt und blickte kopfschüttelnd zu Enno hinüber. »Du neugierige, kleine Ratte«, sagte er belustigt. Und dann kam er auf Enno zu und streckte fordernd die Hand aus. »Gib mir das Bündel.« Enno reichte ihm die Papiere, die er vorher hastig zusammenrollte.

»Es ist alles noch so, wie es war«, beeilte er sich zu sagen. »Ich habe nichts damit angestellt. Ich wollte sie nur anschauen, mein Herr.«

Der Mann lachte polternd. »Ich sagte dir doch

schon vorhin, Bursche: Damit kannst du nichts anfangen. Wie alt bist du? Zwanzig Jahre? Zweiundzwanzig? Und wenn du zwei mal zweiundzwanzig Jahre alt wärst, könntest du das nicht!« Er kam näher, legte vertraulich den Arm um Ennos Schulter und wedelte mit der Rolle vor dessen Nase herum. »Für kluge Menschen sind diese Dinge sehr wertvoll. Ein Tölpel wie du kann sich höchstens den Arsch damit abwischen.«

Plötzlich ertönte Hufgetrappel vom Hof her. Sie hörten das Schnauben von Pferden und das Klimpern des Pferdegeschirrs. Der Fremde ließ von Enno ab und ging schnellen Schrittes zur Stalltür. Über sein Gesicht huschte ein Ausdruck der Erleichterung. »Da sind sie ja endlich!«, sagte er mehr zu sich als zu Enno, der betrübt an seinem Platz verharrte und die Schultern sinken ließ.

Als der Fremde ins Tageslicht trat, wurde er augenblicklich von zwei Männern flankiert, deren Gesichter Enno nur undeutlich erkennen konnte. Sie trugen Kapuzen und waren dunkel gekleidet.

»Habt Ihr es?«, fragte der eine ungeduldig.

Der fremde Gast hielt bedeutungsvoll die Rolle mit den Pergamenten in die Höhe. »Hier ist es drin. Aber was habt Ihr es denn so eilig? Sollten wir uns nicht einen Wein zur Begrüßung gönnen?«

Der andere machte eine rasche Handbewegung und riß ihm das Bündel aus der Hand.

»He!«, wollte der Mann protestieren und schnappte nach seiner Habe, da blitzte auch schon in der Hand des anderen Reiters eine scharfe Klinge auf, und mit einem kurzen Ruck wurde sie dem Mann in den Leib gestoßen. Der erstarrte in seiner Bewegung, stieß einen grauenvoll röchelnden Laut aus und sackte kraftlos in sich zusammen.

Enno, der das Ganze aus sicherer Entfernung beobachtet hatte, war langsam, wie in Trance, hinter das Pferd des Gastes getreten und hatte seine Augen nicht von dem entsetzlichen Geschehen abwenden können.

»Mußte das sein?«, fragte der eine der beiden Männer tonlos und begutachtete das Bündel in seinen Händen.

Der andere nickte düster. »Je weniger Leute Bescheid wissen, um so besser.«

Da ertönte die Stimme der Tante vom Haus her: »Willkommen, Ihr Herren, was können wir...« Sie hielt mitten im Satz inne, als sie sah, was vorgefallen war.

Enno huschte durch das Dunkel der Scheune und drückte sich an der hölzernen Wand entlang zum vorderen Teil. Er mußte dabei höllisch aufpassen, daß das Rascheln des Strohs ihn nicht verriet. Ein gellender Schrei ertönte von draußen. Als er die Bretterwand erreicht hatte, spähte er durch einen Spalt. In diesem Moment hatten die beiden Männer seine Tante gepackt, und während der eine der zappelnden Frau die Hände auf den Rücken bog, riß der größere mit einer raschen Bewegung seines Messers eine blutige Spur in ihren weißen Hals. Das Schreien erstarb. Der Onkel, der wutschnaubend und mit Gebrüll auf die Männer zu rannte, lief geradewegs in das Messer hinein. Er packte noch danach, um es aus seinem feisten Wanst herauszuziehen, sank auf die Knie und begrub die Mordwaffe unter seinen Massen.

Enno wagte nicht zu atmen. Das Herz schlug ihm

im Hals. Er beobachtete, wie der Kleinere wortlos zum Haus eilte und in dessen Innerem verschwand. Nach ein paar Augenblicken, in denen der andere an den Leichen vorbeigetrottet und ihre Gliedmaßen beiläufig mit seiner Stiefelspitze berührt hatte, erschien er wieder und schüttelte den Kopf. »Keiner mehr da. Dem Herrgott sei Dank. Ich finde nicht, daß das sein mußte.«

Der Größere winkte ab. »Wir haben, was wir brauchen. Das allein zählt.« Er deutete auf die Schriftstücke.

»Laß die anderen Dokumente hier.« Der Kleinere griff nach den Pergamenten, entfaltete sie, überflog ihren Wortlaut und griff zielsicher eines heraus, das er sorgfältig zusammenrollte und in seinem Hemd verbarg.

Dann lief er in die Scheune. Enno hatte gerade noch Zeit, sich in einen Haufen losen Strohs zu werfen. Es knisterte und raschelte um ihn herum, und er meinte, es müsse so laut sein wie ein Donnerwetter, aber der Mann war so fahrig in seinen Bewegungen und verursachte einen solchen Lärm, als er die restlichen Pergamente in die Satteltasche des Pferdes stopfte, daß er Enno gar nicht bemerkte.

»Es wäre seltsam, wenn der Bote des Klosters in Trier kein einziges Schriftstück auf dem Weg zur Kaiserpfalz bei sich führte. Und wir wollen doch keinen unnötigen Verdacht erregen, oder?« Enno beobachtete den angewiderten Gesichtsausdruck, als er zu seinem Kumpanen hinauslief und dabei an dem erstochenen Fremden vorbeistolperte. »Wie viele werden es noch sein, bis wir am Ziel sind?«, fragte er tonlos.

»Denk daran: ...denn sterben muß David! Und nun

zu den Pferden!«, rief der Größere. »Und nichts wie los nach Aquis, bevor du noch trübsinnig wirst!«

Unter seinem Strohhaufen bemühte sich Enno immer noch, seinen Atem ganz flach gehen zu lassen, damit man ihn nicht im letzten Augenblick doch noch bemerke und dann abstach wie ein Schwein. Er hörte, wie sie auf ihre Pferde sprangen und davonpreschten. Nur wenige Minuten hatte das alles gedauert. Ein Menschenleben auszulöschen ist schnell geschehen, so dachte Enno. Und zwei weitere schafft man beinahe in der gleichen Zeit.

Es dauerte lange, bevor Enno fähig war, sich überhaupt zu rühren. Er lag einige Minuten mit geschlossenen Augen in seinem Versteck und wünschte sich nichts sehnlicher, als daß er aus einem tiefen Schlaf erwachen möge um festzustellen, daß all das nur ein fürchterlicher Traum gewesen war.

Aber als er sich langsam erhob und das Stroh von ihm herunterrieselte, erkannte er bereits die Füße des ermordeten Boten in der offenen Stalltür.

Drittes Kapitel

Es war der heuuimanoth, der Monat der Heueernte. Das Wetter meinte es gut, und die Sonne ließ die aufgeworfenen Grashaufen so rasch trocknen, daß man beinahe zusehen konnte.

Doch an diesem Tag ließen die Bauern ihre Arbeit ruhen. Ein Mansionarius war am Vortag erschöpft und dennoch freudestrahlend eingetroffen und hatte verkündet: »Es ist soweit! Sie rasten noch einen Tagesmarsch entfernt!«

Und alle Bewohner des Landes um die Kaiserpfalz beschleunigten mit einem Mal ihre Arbeit, voller Vorfreude auf die nahende Ankunft. Sie gaben ihr Bestes, da nun endlich wieder Leben in ihr Dasein einkehren würde. Die prall gefüllten Vorratskammern würden geplündert werden, Musik und Spiel würden erklingen, Reisende aus fernen Ländern würden wieder an die Tore klopfen - der Herrscher weilte nun bald wieder unter ihnen.

Vor beinahe einem Jahr war er als König des Frankenlandes auf die Reise gegangen, und nun kehrte er als Kaiser zurück. Was das wirklich bedeutete, konnten die einfachen Menschen, die rund um die Pfalz lebten und arbeiteten, nicht richtig ermessen. Für sie war es nur ein noch weitaus wohlklingenderer Titel als zuvor, nichts weiter. Allein, sie waren froh, den Mann und seinen Hofstaat wieder in ihrer Mitte zu wissen, der das kleine, abgelegene Aquis Granum mit seinen warmen Quellen zu einem wichtigen Ort inmitten des Frankenlandes gemacht hatte.

Und als dann am Horizont, vom Hohen Venn her, die ersten Reiter auszumachen waren, da hatten sie schließlich ihre Arbeit niedergelegt und begonnen zu jubeln. Einige liefen den Ankommenden entgegen und hießen mit lauten Jubelrufen den riesenhaften Troß von Menschen, Tieren und Ochsenkarren schon von Ferne willkommen. Die Alten und Gebrechlichen harrten ungeduldig vor den Toren der Pfalz aus, um zu schauen, ob sie wohl bekannte Gesichter unter den staubbedeckten, schweißnassen Antlitzen der erschöpften Reisenden erkennen würden.

Und der Troß rückte näher und näher, und in der herannahenden Menge ließen sich einzelne Personen ausmachen. Auch unter den marschierenden Soldaten, die nach ihrer langen und beschwerlichen Reise entkräftet waren und sich dennoch bemühten, ein standhaftes Bild abzugeben, machten sich nun Jubelrufe breit. Die letzte komfortable Station lag eine halbe Ewigkeit zurück, und Aquis Granum und seine Bäder, das herrliche Wild aus den nahen Ardennen, die Huren und mannigfaltige andere Vergnügungen ließen ihr Herz höher schlagen.

Es war nicht der prächtige Triumphzug eines mächtigen Eroberers, es war vielmehr eine erlösende Heimkehr aus der Fremde.

So sah es auch der großgewachsene, bärtige Mann, der hoch aufgerichtet in seinem Sattel saß und unter den buschigen Augenbrauen den Blick auf die Silhouette der Pfalz und die jubelnden Menschen zwischen den Behausungen davor richtete. In Rom hatte man ihn zum Kaiser gekrönt. Dies änderte nicht viel im

Gefüge seines Reiches, aber es bestärkte ihn nur noch mehr in seinem Wunsch, einmal als der Mann in der Erinnerung der Menschen zu gelten, der es sich zur Aufgabe gemacht hatte, die Länder im Christentum zu vereinigen. Aquis Granum war nicht Rom und doch erträumte er sich ein stetiges Wachstum dieses Flekkens, der ihm so sehr am Herzen lag. Die wundersamen warmen Quellen schenkten ihm Linderung seiner Gelenkschmerzen, und für einen Mann, der die Jagd liebte, gab es keinen schöneren Platz zum Leben.

»Endlich ist es geschafft«, sagte er zu dem zierlichen, jungen Mann, der in diesem Moment mit seinem Pferd zur Linken des Herrschers auftauchte. »Es hat lange genug gedauert.«

Einhard, einer seiner Hofgelehrten, strich sich mit dem Handrücken den Schweiß von der Stirn und setzte ein schiefes Lächeln auf. »Eure Familie ist kaum noch zu bändigen vor Freude.«

Als Karl den Kopf umwandte, sah er die strahlenden Gesichter seiner Töchter, die in unbändiger Freude auf dem Ochsenkarren herumsprangen und die Hälse unter der Wölbung des hautbespannten Daches hervorreckten.

Einhard räusperte sich. »Und, äh... nähmet Ihr es mir übel, wenn ich sagen würde, daß ich seit unserem Aufbruch vor Tagen in Toul jede Stunde verflucht habe, die ich auf diesem harten Sattel verbringen mußte? Es wird Tage und Wochen dauern, bis ich jemals wieder richtig sitzen kann.«

Der Kaiser lachte. Es klang heiser und erschöpft. »Sei unbesorgt, Einhard. Vor uns liegt eine Zeit des

Ausruhens. Und wenn ich ehrlich bin, würde ich am liebsten gar nicht mehr von hier weggehen. Hier möchte ich sterben.«

*

Enno mochte Wernar nicht. Er war ein Freund seines Onkels gewesen und hatte oft mit ihm bis spät in die Nacht gesoffen. Offensichtlich aber mochte Wernar Enno ebensowenig und vielleicht war er es auch gewesen, der seinem Onkel den Floh ins Ohr gesetzt hatte, daß Enno nur aus Berechnung auf dem Hof bliebe, weil er sich Hoffnungen auf das Erbe mache.

Aber was sollte Enno tun? Wernar war der nächste Nachbar, und in seiner Kopflosigkeit war er der erste, den der junge Mann tränenüberströmt und schweißglänzend um Hilfe ersucht hatte.

Fassungslos beugte sich Wernar über die Leiche von Ennos Tante. Das Blut hatte das Leinen, das ihre üppige Brust umspannte, rot getränkt. Fliegen sammelten sich mittlerweile um den gräßlichen schwarzroten Spalt in ihrer Kehle.

Wernar schüttelte den Kopf. »Räuber, sagst du?« Er erhob sich ächzend und rieb sich das Kinn. Wernar war ein Bauer mit einem buschigen, strohfarbenen Schnauzbart und dünnem Haar, das er lang in den Nacken wallen ließ.

»Sie trugen Kapuzen!«, rief Enno eifrig. »Es schien so, als habe der fremde Bote hier bei uns auf sie gewartet!« Er bemerkte nicht, daß Wernar seinen Worten offensichtlich wenig Glauben schenkte. »Sie haben zugestochen, ohne lange zu überlegen. Das Messer des einen muß noch...« Er deutete auf seinen Onkel, dessen lebloser Körper wie ein riesiger umgestürzter Mehlsack auf dem Boden vor dem Haus lag. Der Lehm um ihn herum hatte sich in der Zwischenzeit tiefschwarz gefärbt.

»Räuber?«, fragte Wernar erneut gedehnt und sah den jungen Mann verächtlich an. »Und ausgerechnet dich haben sie verschont?« Wernar schüttelte den Kopf. Jetzt erkannte Enno erst, was dem Nachbarn durch den Kopf ging.

»Aber, Wernar, du glaubst doch nicht etwa, ich könnte...«

»Du hast sie gehaßt, die beiden. Sie waren keine zärtlichen Eltern, und dein Onkel war oft ein wenig ungestüm, das weiß jeder, aber sie haben für dich gesorgt wie für ihren eigenen Sohn. Und das ist jetzt der Dank für all die Jahre?«

Enno riß vor Empörung den Mund weit auf, doch alles was hervorkam, war fassungsloses Gestammel. Er kniete neben der Leiche seines Onkels nieder. Der Boden war feucht vom Blut. Die Nässe drang sofort in seine Beinkleider ein, aber das scherte ihn nicht. »Hilf mir!«, rief er und versuchte, den toten Fleischberg zur Seite zu rollen. »Das Messer«, ächzte er. »Es steckt noch in ihm! Du wirst sehen, daß...«

Der Nachbar sah ihm kopfschüttelnd zu. »Du hast von dem Vertrag erfahren, den dein Onkel abschließen wollte, was? Hast du neulich abends gelauscht, als wir zusammengesessen haben, dein Onkel, deine Tante und ich?« Wernar ging zu der Leiche des Fremden und beugte sich zu seinem Gesicht hinunter.

»Welcher Vertrag?« Enno stand der Schweiß auf der Stirn, weil er immer noch versuchte, unter der Körpermasse seines toten Onkels den Messerknauf zu packen.

Wernar grunzte verächtlich und blickte auf ihn hinab. »Spiel nicht das Unschuldslamm. Du hast gehört, was dein Onkel über den Precarievertrag gesagt hat. Gib's zu!«

Enno wand sich hin und her. »Aber so glaub mir doch, ich habe keine Ahnung, wovon du sprichst. Ich habe noch nie in meinem Leben etwas von einem Precarievertrag gehört! Was ist das überhaupt?«

»Dein Onkel hatte einen Handel mit dem Abt Assuer von Prüm vorbereitet. Er wollte dem Kloster seinen Hof schenken. Schon in der nächsten Woche sollte das geschehen.«

»Aber warum hätte mein Onkel das tun sollen? Er war habgierig, das weißt du! Er hat noch nie in seinem Leben etwas verschenkt!« Enno ertastete den Griff der Mordwaffe und zog daran. Das Messer hatte sich tief ins Fleisch gebohrt.

»Du bist ein glänzender Schauspieler, Enno, das muß man dir lassen!« Wernar grinste unverschämt. »Jeder weiß, daß dein Onkel bisher aus allem seinen Nutzen gezogen hat. Der Abt hätte ihm vom Tag des Vertragsabschlusses an einen zweiten Hof zur Bewirtschaftung geschenkt. Und erst nach dem Tode deines Onkels wäre alles an das Kloster gefallen.« Er ging neben Enno in die Hocke. »Aber das hast du ja nun zu verhindern gewußt, du gerissener Erbschleicher. Du glaubst, jetzt sei alles endlich dein, was?« Seine Stimme war drohend geworden. Er preßte die Worte aus den Mundwinkeln heraus und zeigte die Zähne. »Aber du bist überführt, mein Bürschchen. Damit kommst du nicht davon! Dafür werde ich schon sorgen.« Er packte Ennos linkes Handgelenk das dieser immer noch gegen den feisten Bauch seines Onkels gestemmt hielt. Enno verlor das Gleichgewicht und kippte hinten über. In seiner Rechten hielt er den blutverschmierten Dolch.

In diesem Augenblick wurden Stimmen laut. Andere Bewohner des Dorfes kamen um die Wegkehre vor dem Hof. Wernar sprang auf die Beine. »Hierher!«, rief er und winkte. »Es war Enno! Er hat sie getötet!«

Enno warf panisch den Kopf herum und zählte die Neuankömmlinge. Es waren vier Mann. Man hatte ihnen auf den Feldern Bescheid gegeben, und vermutlich hatten sie alles stehen- und liegenlassen, um sich die Bluttat aus der Nähe anzusehen. Sie beschleunigten ihre Schritte.

Wernar kam auf ihn zu und krempelte sich die Arme hoch. »Siehst du, Bürschchen, was habe ich dir gesagt? Das hast du nicht umsonst getan!« Er wollte ihn gerade mit seinen kräftigen Händen packen, als Enno die Rechte hochriß und ihm das blutige Messer entgegenstreckte. Er zielte mit der Spitze der Klinge genau auf Wernars Hals.

Dieser hob abwehrend die Hände und wich erschrocken zurück. Er fing sich jedoch augenblicklich wieder, und schon erschien wieder das wölfische Grinsen auf seinem Gesicht. »Na also«, knurrte er. »Ich habe es doch gewußt, Messerstecher.« Dann hob er den

Arm in die Luft und brüllte: »Packt den Halunken!«

Im nächsten Augenblick kamen die Männer auf sie zugestürmt. Sie schwangen drohend die Fäuste. Zwei von ihnen trugen Knüppel bei sich. Enno sprang nervös von einem Fuß auf den anderen. Dieser Übermacht war er nicht gewachsen. Er fuchtelte noch einmal in Wernars Richtung mit dem Messer in der Luft herum und wich langsam rückwärts zur Scheune. Er sah den Triumph in den Gesichtern der Männer, die glaubten, ihn nun in die Enge drängen zu können. Als er das Tor schon erreicht hatte, drehte er sich mit einem Mal um und flüchtete ins Innere des Gebäudes. Mit fliegenden Fingern band er die Zügel des Pferdes los, das die ganze Zeit über völlig unbeeindruckt von dem blutrünstigen Geschehen auf dem Hof an seinem Platz gestanden und Heu gefressen hatte.

Enno war mit einem Schwung im Sattel. Er spürte, wie sich die Muskeln des Tieres unter ihm anspannten Es wieherte erschrocken und bäumte sich auf, als auch schon die ersten Männer die Scheune erreicht hatten. Enno hielt mit der Rechten das Messer fest umklammert. Jetzt gab es kein Zurück mehr. Diese Leute hielten ihn für einen skrupellosen Mörder, und sie würden sich nicht auf einen langen Wortwechsel einlassen. Das las er in ihren Augen.

Er spornte das Pferd an und galoppierte geradewegs auf sie zu. Die Meute stob auseinander. Wernar versuchte mutig, ihn am Bein zu fassen und aus dem Sattel zu reißen, aber Enno, der sich nicht sehr gut im Umgang mit Waffen verstand, vollführte einen linkischen Schnitt quer über den behaarten Handrücken.

Wernar schrie gellend auf und gab ihn frei.

Dann stob Enno auf dem Rücken des Pferdes davon. Auf dem Weg sah er von Ferne weitere Dorfbewohner näherkommen. Frauen waren unter ihnen und neugierige Kinder. Er überlegte, ob es Zweck hätte, einen weiteren Erklärungsversuch zu machen. Aber er erkannte zugleich, daß es dazu zu spät war. Er riß an den Zügeln und wandte sich in Richtung Norden. Dort gab es meilenweit keine menschlichen Behausungen mehr, und die Gefahr, jemandem zu begegnen, war gering.

Es dauerte eine Weile, bis er dem Pferd erlaubte, in einen ruhigen Trab zu verfallen. Es war ein ausdauerndes, gutes Tier, das von seinem Besitzer her lange Strecken gewohnt war.

Und so galoppierte er dahin, in den heraufdämmernden Abend hinein, die Angst vor seinen Verfolgern im Nacken, noch kaum richtig begreifend, was ihm widerfahren war. Auf dem Rücken eines Pferdes, das ihm nicht gehörte, im Besitz einer Waffe, die nicht die seine war. Nichts gehörte ihm mehr. Nicht einmal mehr sein eigenes Leben, wenn man den Männern seines Dorfes glauben wollte. Ihm wurde das Herz schwer.

Viertes Kapitel

Der Mond hing als tiefgelbe, scharfkantige Sichel am nachtblauen Himmel, während Enno lange ziellos auf verschlungenen Pfaden geritten war, weit um Smideheim und Nefresheim herum, um ja niemandem aufzufallen. Enno hatte eine solche Angst, daß er glaubte, jeder, der ihm begegnete, müsse ihm gleich aus dem Gesicht lesen können, was sich zugetragen hatte. Doch, warum hätte überhaupt jemand Notiz von ihm nehmen sollen? Sicherlich, er war ein einfacher Bursche, gehüllt in die schwarzgrauen Farben der einfachen Bauern, und er saß zugleich auf dem Rücken eines gepflegten Rosses, dem man seine Herkunft durchaus ansah; aber wahrscheinlich hätte niemand etwas dabei gefunden.

Wer aber konnte ihm aus seiner mißlichen Situation heraushelfen? Dieser Gedanke drehte sich wieder und wieder in seinem Kopf, und wann immer eine Idee keimte, gelangte er doch im nächsten Moment wieder an den Anfang seiner Überlegungen zurück.

Die Gesichter der beiden Mörder hatte er gesehen, nachdem ihnen ihre Kapuzen vom Kopf gerutscht waren. Und doch hatte er keine Ahnung, woher sie kamen und was sie zu ihrer Tat getrieben hatte. Sie waren keine gewöhnlichen Räuber, soviel stand fest, denn sonst hätten sie vermutlich das Haus nach irgendwelchen Gegenständen von Wert durchsucht. Aber diese Zeit hatten sie sich nicht genommen. Ein Stück Pergament schien ihnen zu genügen. Es schien ihnen einzig und allein um dieses bestimmte Schriftstück gegangen zu sein. Bisher hatte er sich noch nicht getraut, Rast zu machen und die verbliebenen Pergamente in Augenschein zu nehmen, aber er war sich sicher, daß sich hier irgendein Hinweis auf die beiden Mörder finden würde.

Lange konnte er nicht mehr weiterreiten. Das Pferd war erschöpft, und auch er selbst spürte, dass seine Kräfte schwanden.

Es hatte ihn unwillkürlich in Richtung seines Heimatdorfes getrieben, nach Uiueri. Dort hatte er zuletzt bei seinem Vater gelebt, bis dieser seiner Frau nach einer kurzen und grausamen Krankheit in den Tod gefolgt war. Für den jungen Enno gab es damals keine Möglichkeit mehr, in seiner Heimat zu bleiben. Er fand ein neues Zuhause bei seinem Onkel in Dalaheim. Seine Familie war nach zwei verheerend schlechten Erntejahren sehr arm gewesen. Um ihre Schulden abzutragen, mußten sie ihre spärliche Ernte auf dem Halm verpfänden. Heute gab es in Uiueri, der Siedlung an den Fischteichen, nichts mehr, worauf Enno einen Besitzanspruch hatte.

Und doch trieb es ihn hierher zurück.

Er kannte sein Ziel nur ungenau. Bei Uiueri wurde das Gelände unwegsam. Aus einem Hochplateau führte ihn der Weg geradewegs in das Tal des Feybaches. Schroff wuchsen - zwischen dichten Mauern aus mächtigen Bäumen - Felshänge aus dem Waldboden.

Es gab hier einen Platz im Forst, den er vor langer Zeit zuletzt besucht hatte. Ein finsterer Platz, der von der Bevölkerung von jeher gemieden wurde, weil sich allerlei Sagen und Legenden um ihn rankten. Einen gewaltigen Riesen sollte es hier einmal gegeben haben und allerhand andere Spukgestalten.

Rauch stieg ihm in die Nase, und als er seine Augen anstrengte, und den Blick suchend durch das tiefschwarze Laub um ihn herum schickte, entdeckte er ein schwaches Glimmen.

Es war der flackernde Widerschein eines Feuers, der zwischen den nackten Felswänden ins Freie drang. Enno band das Pferd an einen Baum und schritt auf die Öffnung zu. Hoch über seinem Kopf ragte Massivgestein in die klare Nacht. Die Wurzeln der umstehenden Bäume waren auf der graugrünen steinernen Oberfläche ineinander verwoben wie Schlangengewimmel.

Als er in den Spalt eindrang, fand er sich schon nach wenigen Schritten in einer großen Höhle wieder. Ein kleines Feuerchen inmitten des Innenraums tauchte die nackten Wände in rötliches Licht. In einer zweiten Öffnung am anderen Ende der Höhle zeichnete sich der Mond am Nachthimmel ab.

Er erinnerte sich. Hierher war er damals gelangt, als er einer Ziege nachspürte, die von der Herde fortgelaufen war. Es war am frühen Abend gewesen, und die ersten Schatten hatten das Innere der Höhle in tiefe Schwärze gehüllt. Und dann war da plötzlich dieser Mann gewesen...

Jetzt schien die Behausung leer zu sein. Das Feuer war zwar ein untrügliches Zeichen dafür, daß jemand hier gewesen sein mußte, aber zu sehen war niemand. An der Feuerstelle fand Enno ein paar Knochen, und mit einem Mal wurde ihm bewußt, daß er schon eine ganze Weile nichts mehr gegessen hatte.

Er ließ den Blick umherschweifen. Es hatte sich nichts verändert: Es gab Nischen und tiefschwarze Löcher, die möglicherweise in weitere Höhlungen führten. Und im Schatten einer dieser finsteren Grotten, glaubte er plötzlich Gegenstände zu erkennen. Stand da nicht ein Krug? War das nicht ein Fell, das auf dem Boden lag?

Gerade, als er beschlossen hatte nachzuschauen und auf die Nische zuging, erscholl plötzlich ein schriller Schrei von irgendwoher. Enno schrak zusammen. Der Schrei hallte von den Wänden der Höhle wieder und verdichtete sich zu einem schaurigen Kanon, der von überall her zu kommen schien. Enno packte auf der Stelle ein namenloses Grauen, und er fuhr herum und rannte auf den Ausgang zu. Seine Füße scharrten im Staub, und er rutschte mehr, als er lief, auf die pechschwarze Öffnung zu. Das Schreien ließ nicht nach. Gräßliche Geschöpfe mußten dort in den finsteren Winkeln hausen, menschenfressende Gestalten. Er war umsonst gekommen, denn der, den er hatte aufsuchen wollen, war ihnen sicherlich längst zum Opfer gefallen. Womöglich waren es seine Knochen, die dort an der Feuerstelle lagen.

Enno strauchelte und stürzte der Länge nach zu Boden. Staub stob auf, und in diesem Augenblick erstarb mit einem Mal das beängstigende Geschrei.

Dafür war nun ein leises Kichern zu hören, das sich, wie vorhin noch das Gebrüll, an den tiefgrauen Steinwänden stieß, vervielfältigte und ineinander verwob, bis der ganze Raum erfüllt war von leisem, zischenden

Gekicher und Gegluckse.

»Bruder Frodulf?«, fragte Enno zaghaft in die einkehrende Stille, während er sich wieder aufrappelte. Und »Bruder Frodulf?« wisperte es jetzt von allen Seiten.

Erst geschah einen Augenblick lang überhaupt nichts. Dann ertönte ein Rascheln von der anderen Seite der Höhle, und schließlich schälte sich aus dem Dunkel einer weiteren kleinen Nische eine zerlumpte Gestalt heraus, die langsam auf Enno zukam. Der Mann sah sehr viel älter aus, als er vermutlich war. Er ging gebeugt, und zwischen den dunklen Höhlen seiner zurückliegenden Augen schoß eine scharfe, spitze Nase nach vorne. Sein Schädel war größtenteils kahl, aber ein Kranz dünner blonder Haare flatterte wirr um den Kopf, und von seinem Kinn stand störrisch und eisgrau ein spitzes Bärtchen ab. Er hatte einen seiner knochigen Finger ausgestreckt, als er auf Enno zuschlurfte.

»Du kennst meinen Namen?« Seine Stimme klang krächzend und zugleich hohl. Es mochte daher rühren, daß er selten sprach in seiner Einsamkeit, es konnte aber auch durchaus sein Geschrei gewesen sein, der seine Stimme ihres Wohlklangs beraubt hatte.

»Ich kenne Euch, Bruder Frodulf. Es ist lange her, daß ich bei Euch war. Doch Euer Schrei, mit dem Ihr Euch die unliebsamen Schnüffler vom Leibe haltet, ist mir noch geläufig. Beinahe hättet Ihr auch mich in die Flucht geschlagen.« Er breitete die Arme aus, um zu zeigen, daß er ohne irgendwelche tückischen Hintergedanken hergekommen war.

Die seltsame Gestalt in der zerlumpten Mönchskutte stand nun ganz dicht vor Enno, und ein listiges Augenpaar wanderte über das Gesicht des jungen Mannes.

»Aber ja, du kommst aus Uiueri. Ich habe dich lange nicht gesehen. Du bist groß geworden. Ein richtiger Mann.«

»Ich lebe nicht mehr hier«, sagte Enno und trat zur Seite, so daß der Feuerschein das Gesicht des Mönchs erhellen konnte. »Doch nun bin ich zurückgekehrt. Aus Dalaheim. Ich bin froh, daß Ihr noch hier seid.«

Der Mönch kicherte und ging auf die Nische zu, die Enno vor wenigen Augenblicken hatte untersuchen wollen. Er begann dabei den Gesang der Kirchenmänner anzustimmen, der durch die Höhle schallte wie durch eine Kathedrale. Wie aus dem Nichts zauberte er einen Krug hervor, aus dem er einen tiefen Schluck tat. »Das Schreien macht die Kehle rauh«, sagte er kichernd und rülpste. »Warum willst du zu mir? Du kommst mitten in der Nacht von Dalaheim hierher, um mich zu sehen?« Er tippte sich mit einem seiner langen, dünnen Finger vielsagend an die kahle Stirn. »Daß ich bisweilen ein wenig... na, nennen wir es ruhig seltsam bin, das weiß jeder, mein kleiner Strolch. Aber du scheinst mir auch ganz hübsch wirr im Kopf zu sein.« Er lachte wieder meckernd und kam näher.

In diesem Moment kroch ein brummendes Geräusch durch die Stille der Nacht, und der Alte wollte schon wieder verschwinden, um mit seinem Gespenstergeschrei einen Neuankömmling in die Flucht zu schlagen.

»Halt, Bruder Frodulf, halt!« Er hob beschwichtigend die Hand. »Was da so gefährlich knurrt, das ist nur mein Magen!«

*

Unter demselben Mond tauchten zur selben Stunde unweit der Kaiserpfalz von Aquis Granum die Reisenden ihre wunden Glieder in das warme, sprudelnde Quellwasser. Die alten römischen Badeanlagen, die im Zuge des Baus der Pfalz auf Karls Geheiß hin wieder zu neuer Pracht erstanden waren, hallten wider vom Gelächter und Gegröle der Männer, die sich in der Gegenwart ihres Kaisers in dem Wasser wälzten. Wie ein tiefblauer Baldachin hing die Nacht über dem ausgelassenen Szenario. Rings um das Becken floß der Wein in Strömen, Fleisch drehte sich über kleinen Feuern, die Luft hing voller Düfte. Karl zelebrierte seine Heimkehr wie ein großes Fest. Schweiß und Schmutz glitt von seinen tapferen Männern ab. Eine ausgedehnte Ruhepause war der Dank und die Belohnung für alle Mühen und Plagen der zurückliegenden Monate.

Ricbald schwang sich ächzend aus dem Wasser und drohte für einen Augenblick lang, wieder rückwärts hineinzustürzen. Mit lautem Gelächter gaben ihm seine Freunde einen Stoß, so daß er inmitten einer großen Pfütze auf dem Marmorboden zu liegen kam. »Ihr verfluchten Sauhunde!«, schimpfte er lachend und rappelte sich auf. Der Wein hatte ihn benebelt. Er war müde, und keine Verlockung der ganzen Welt konnte jetzt mit dem Gedanken an ein weiches Nachtlager konkurrieren. Er warf sich ein großes Tuch über und schlüpfte in seine Sandalen.

Mit einem Wink des Abschieds wandte er sich an seinen Herrscher, der entspannt seine Arme auf den Beckenrand gelegt hatte und seinen muskulösen Körper im Gekräusel der Wellen treiben ließ. Karl bedachte ihn mit einem Nicken, das Wohlwollen und Gelassenheit signalisierte. Ein Nicken, das soviel sagte wie »Geh nur zur Ruhe, braver Seneschall. Du hast Dir Deinen Schlaf redlich verdient.«

Und genau das hatte Ricbald auch, dessen war er sich sicher.

Er verließ das Areal des Badehauses und trat aus dem Lichtschein der Fackeln hinein in die Finsternis. Die Pfalz hob sich gewaltig und finster gegen den Nachthimmel ab. Nur wenige brennende Scheite entlang des Weges sollten dem Herrscher später eine sichere Heimkunft gewähren.

»He, halt ein, Ricbald!«, rief hinter ihm jemand mit heiserer Stimme. Liudulf schüttelte im Laufen sein nasses braunes Haar. »Laß uns noch einen Besuch machen!« Als er ihn erreicht hatte, setzte er ein verschwörerisches Grinsen auf. »Du weißt schon. Ich habe Liuther von ihr erzählen hören. Sie hat herrliche Brüste. Groß genug für zwei von uns. Was meinst du?«

Ricbald lächelte milde. Er klopfte Liudulf freundschaftlich auf die Schulter. »Laß gut sein, Freund. Du weißt, daß ich kein Kostverächter bin, aber für den heutigen Tag habe ich genug. Mein Magen ist voll, meine Beine schmerzen, warum soll ich mich jetzt noch einer Anstrengung hingeben, die ich morgen in der Ruhe viel mehr genießen kann?«

Liudulf kniff ihn ins Ohr. »Er traut sich nicht, der Herr Seneschall. Gib's schon zu, alter Narr. Es ist, weil Karl hat vernehmen lassen, daß er der Unzucht am Hofe überdrüssig ist. Er will uns alle zu braven Burschen machen, die nur noch Wasser saufen und keine Frau mehr anschauen, die uns nicht angetraut ist. Brav, Seneschall, brav! Aber heute ist der Abend unserer Heimkehr, heute kann er uns nichts verwehren!«

Empört wollte Ricbald etwas erwidern. Er war fleischlichen Gelüsten nicht abgeneigt, und daran konnte auch der Kaiser nichts ändern, aber dann sah er Liudulf an und ließ ein wohlwollendes Grinsen inmitten seines graumelierten Barts sehen. Was mußte er diesem jungen Burschen denn noch beweisen? »Geh, Liudulf, Bürschlein, geh hin und stoß dir die Hörner ab. Ich gönn' es dir, wenn du mir meinen Schlaf an der Seite meiner Geruna gönnst.«

Lachend verschwand Liudulf in der Dunkelheit, während Ricbald gemächlich seinen Gang fortsetzte.

Er ging geradewegs am großen Kräutergarten vorbei auf die Fachwerkbehausungen zwischen der Basilika und der Aula Regia zu und zog sich das Laken enger um die Schulter. Es wurde kühler. Lange würden seine Kumpane auch nicht mehr aushalten.

Er setzte seine Schritte vorsichtig. Hier war es düster und unwegsam. Der Wald reichte von Norden her bis dicht an das Areal der Pfalz.

Er bekleidete das Amt des Seneschalls noch nicht sehr lange. Audulf war im Frühjahr gestorben. Er war in Rom begraben worden, und alle sprachen davon, daß es ein großes Glück sei, in der Heiligen Stadt seine ewige Ruhe zu finden. Er wollte lieber hier begraben werden, wenn es einmal soweit war. Hier war er nicht fern seiner Heimat, der Stadt Reims.

Als der Kaiser ihn zum Seneschall ernannt hatte, war er völlig überrumpelt gewesen und hatte sich immer wieder gesagt, daß er dieses Amtes nicht würdig sei. Ganz und gar nicht. Dazu war zu viel geschehen, doch das wußte heute kein Mensch mehr. Seinen Kopf hätte es gekostet, wenn noch jemand dagewesen wäre, der etwas von dem geahnt hätte, das sich damals zugetragen hatte.

Kein Wunder, daß er sich scheute, so einfach die Pfalz zu betreten, um zu seiner Behausung zu kommen. Er würde sich erst daran gewöhnen müssen. Bis zum nächsten Jahr würden sie hierbleiben, wenn nicht länger. Bis dahin würde er gelernt haben, sich selbstsicher über das Pflaster des Hofes zu bewegen. Selbstsicher und selbstbewußt, so, wie es sein neuer Titel verlangte.

Zu seiner Linken hatte etwas im Kräuterbeet geraschelt. Ein kleines Tier, ein Nachtvogel vielleicht. Der Duft des Rosmarinbusches schwebte durch die Sommernacht. Erneut raffte er das Tuch um seine Schultern und beschleunigte seinen Schritt.

Endlich erreichte er den hölzernen Verbindungsgang von der Aula Regia zur Kirche im Osten der Pfalz und die daran angeschlossenen Behausungen. Hier gab es wieder mehr Licht. Einige Fackeln züngelten durch die Nacht und warteten auf die Heimkehr der Badenden.

Da hörte Ricbald ein paar eilige Schritte. Als er herumfuhr, war niemand zu sehen, bis zur Schwärze des nahen Eifelwaldes hin war keine Menschenseele auszumachen.

»Ruhig, alter Knabe«, murmelte er, während er weiterging. Diese Schreckhaftigkeit mußte er ablegen. Sie stand ihm nicht gut zu Gesicht, und kein Mensch würde je erfahren, warum er so vorsichtig und auf der Hut war, egal wo er auch ging und stand.

Aus einem der Gebäude drang plötzlich der spitze Schrei eines Weibes in die Nacht, und lächelnd erkannte Ricbald am nachfolgenden Gekicher, daß hier kein Grund zur Sorge vorlag. Er mußte an Geruna denken, sein Weib, das sicherlich schon in tiefem Schlummer lag.

Ein Pferd schnaubte, Käuzchen jammerten im Wald, irgendwo sang jemand. Die Nacht war voller Geräusche. Keine Zikaden, kein Wellenschlag, so, wie sie es auf ihrer langen Reise gehört hatten. So klang die Heimat, das Frankenland.

Als er sein Zuhause erreichte, öffnete er mit langgezogenem Gähnen die Holztür und trat ein. Er wollte sie gerade wieder hinter sich ins Schloß schieben, als sie erneut aufgestoßen wurde, mit einem krachenden Geräusch gegen seine Brust stieß und ihn umwarf. Er ruderte mit den Händen, zerrte das Laken fort, das ihm ins Gesicht geflattert war, und erkannte zwei Gestalten, die sich augenblicklich auf ihn stürzten. Er wollte schreien, aber eine kalte Hand wurde hart auf seinen Mund gepreßt. Er mußte husten.

Einer der Männer schloß die Tür und es wurde auf der Stelle wieder finster um sie herum.

Mit dem Mut der Verzweiflung rollte sich Ricbald

auf die Seite und stieß gegen einen Schemel. Er packte das Möbelstück beim Bein und schwang es in die Richtung, in der er einen seiner beiden Angreifer vermutete. Aber der Schlag ging ins Leere, und statt dessen erhielt er einen fürchterlichen Hieb in den Nacken, der ihn erneut zu Boden gehen ließ.

Eine Fackel wurde entzündet. Vor seinen Augen verschwamm alles. Hilflos versuchte er, sich mit seinen Händen irgendwo festzuhalten, aufzurichten, aber ein ledergeschnürter großer Fuß setzte sich in seinen Nacken und zwang ihn erneut zu Boden. Da lag er nun, nackt, zitternd.

Und dann erkannte er eines der beiden Gesichter. Der Mann hielt die Fackel ganz nah an sein Gesicht, damit Ricbald es deutlich sehen konnte.

Schatten der Vergangenheit wurden lebendig. Längst Vergessengeglaubtes war plötzlich wieder da.

Dies war einer der beiden Söhne Tassilos von Bayern, des Vetters des Kaisers, der seinerzeit mitsamt seiner Familie wegen Heerisliez für immerdar verbannt, zu Klosterhaft verurteilt worden war. Tassilo von Bayern war tot, soviel war sicher, und auch sein Weib. Alt und gebrochen hatten sie in der Einsamkeit des Klosters von Jumiège ihr Leben ausgehaucht. Als auf dem Rückweg aus Italien durch einen Boten bekannt wurde, daß bei einer Feuersbrunst nun auch die beiden Söhne endlich den Tod gefunden hatten, da hatte Ricbald aufgeatmet.

Aber sie waren hier. Lebendig und leibhaftig. Oder waren es ihre Geister, die gekommen waren, ihn zu holen?

»Unser alter Kamerad Ricbald«, sagte Theodo grinsend und beugte sich zu ihm hinunter. »Wie schön, dich wiederzusehen. Dir scheint es gut ergangen zu sein in den letzten neun Jahren.« Er ließ die Spitze seiner Klinge über Ricbalds rundlichen Bauch gleiten.

In diesem Augenblick erschien Geruna am oberen Ende der Stiegen. Erschrocken verkrampften sich ihre Hände im Nachtgewand vor der Brust. Sie wollte gerade zu einem Schrei ansetzen, als Theodulf mit einem Satz die Stiegen hinaufgesprungen war und ihr die Hand auf den geöffneten Mund preßte, bevor sie noch einen Ton herausbrachte.

»Was wollt ihr hier?«, hauchte der am Boden liegende Ricbald angstvoll.

»Wir brauchen die Hilfe eines guten Freunds aus alten Tagen«, sagte Theodbert und nahm den Fuß von seinem Nacken.

Fünftes Kapitel

Als Enno erwachte, hatte sich zartes Morgenlicht in der Höhle breitgemacht. Es drang durch die Baumwipfel, die über der bizarren Felslandschaft in den Himmel ragten und kroch durch die Öffnungen zwischen den gewaltigen Steinen in das Innere von Frodulfs Behausung.

Das Feuerchen war erneut entfacht worden, und ein Topf mit kochendem Wasser thronte in seiner Mitte. Eine knochige Hand zerbröselte mit einer beiläufigen Bewegung trockene Blätter und ließ sie hineinrieseln. Frodulf bereitete einen Tee, doch er tat es ohne Aufmerksamkeit. Seinen Blick hatte er starr auf die Urkunden gerichtet, die auf seinem Schoß lagen. Der dürre Zeigefinger fuhr die Zeichen entlang, die auf dem gewölbten Pergament geschrieben waren. Sein Mund formte stumme Silben. Als er bemerkte, daß Enno erwacht war, blickte er auf.

»Du hast im Schlaf geredet«, sagte er mit einem Lächeln. »Es klang nach einer Art Abenteuer, wie man sie nur im Traum erlebt.«

»Seit gestern bin ich mir nicht mehr sicher, daß es nur Träume sind, in denen solche Dinge passieren«, sagte Enno und reckte sich ausgiebig.

»Ich hatte auch einst einen Traum«, sagte Frodulf. »Mir erschien der heilige Antonius. Er kam geradewegs aus Ägypten in meine Traumwelt und wies mir den Weg, den ich von nun an zu gehen hatte. In Einsamkeit und Demut sollte ich mein Leben fortan führen, genau wie er. So verließ ich das Kloster und fand hierher. Nur ein Schwein habe ich bis jetzt noch nicht gefunden.«

»Ein Schwein?«

»So, wie es St. Antonius an seiner Seite hatte. Es zog schließlich sogar mit ihm ins Himmelreich ein.«

Enno betrachtete ihn skeptisch. »Und seinetwegen habt Ihr Euch aus dem Kloster entfernt? Aber das Kloster ist doch ein frommer Ort. Warum müßt Ihr in der Einsamkeit leben?«

Frodulf legte die Stirn in tiefe Falten. »Solltest du jemals in deinem Leben ein Kloster betreten, Junge, so wirst du rasch feststellen, daß die Brüder dort in Frömmigkeit, aber auch in Wohlstand und Bequemlichkeit ihren Tag verbringen. Was Antonius von mir forderte, war die absolute Armut.«

»Das habt Ihr zweifellos zuwege gebracht.« Enno beugte sich über das siedende Wasser. Es roch würzig.

»Foeniculum«, sagte Frodulf und goß den Sud in ein anderes irdenes Gefäß ab. »Trink, und er wird Deinen Augen wohltun. Einen scharfen Blick, den brauchst du, junger Freund.«

»Mein Blick ist scharf genug, glaubt mir, Pater Frodulf.«

»Dann richte ihn auf das hier...« Frodulf wendete das Schriftstück und legte es zwischen ihnen auf den Boden. Sein Zeigefinger unterstrich die reichverzierten Schriftzeichen zu Beginn des Dokuments. »In nomine patris et filii et spiritus sancti «

Enno kannte das. So hatte der Priester einst in ihrem Dorf gesprochen. Was nun folgte, war ihm unverständlich: »Notum sit omnibus in Christum fideliter credentibus. regibus. episcopis. ducibus. quod ego Carolus gratia dei rex Francorum, Longobardorum ac patricius Romanorum...«

»Nicht so schnell, Pater Frodulf, nicht so schnell. Was bedeutet das?«

Frodulf winkte ab. »Das ist die Einleitung. Immer dasselbe. Der König... ach was, Kaiser ist er jetzt sogar, stellt erst einmal klar, mit wem man es zu tun hat. Bei dieser Urkunde hier, geht es darum, daß er dem Kloster St. Maximin in Trier das Dorf Gyueniche schenkt. Und zwar mit all seinem Zubehör, seinen Hintersassen, Wiesen, Wäldern, Feldern, Weinbergen und so weiter.«

»Das alles steht auf diesem Stück Pergament?« Ennos Mund stand weit offen. Sein Blick irrte zwischen den winzig kleinen verschnörkelten Buchstaben umher. Frodulf nickte und holte die nächste Urkunde hervor. »Hierbei, mein Kleiner, kannst du sehen, daß es immerfort mit demselben frommen Gruß beginnt: »In nomine patris et filii et spiritus sancti. Und dann geht es darum, daß der Kaiser dem Kloster St. Maximin die Bestimmungen über die Rechte und Pflichten des Vogtes in der Villa Schiteringe erneuert und bestätigt. Woher kam der Bote, sagst du, Bürschlein? Aus Trier? Das scheint zu stimmen. In St. Maximin sitzen kluge Schreiber. Dies sind Urkunden, die allesamt das Kloster St. Maximin betreffen. Schau her...« Sein schmutziger Fingernagel huschte über ein weiteres Pergament. »Er bestätigt dem Kloster St. Maximin die Schenkung, die der Edle Hartwick dem Kloster, das er zu seiner Grabstätte gewählt hat, zur Erlangung seines Seelenheils gemacht hat. Ein kluger Mann, dieser Hartwick.«

Enno zog die Stirne kraus. »Warum aber, wenn dies die Dokumente des Kaisers zu Vorfällen im Kloster St. Maximin sind, gehen diese Schriftstücke von der Mosel hin zur Kaiserpfalz im Norden, und nicht umgekehrt?«

Frodulf kicherte und tippte Enno an die Stirn. »Du bist ein kluges Bürschlein, in der Tat, jaja. Nun, das verhält sich so: Die Urkunden wurden von Klosterbrüdern in St. Maximin auf das Geheiß des Kaisers hin verfaßt und werden ihm jetzt zugesandt. Zwar ist das hier sein Signum...« Er deutete auf das große Zeichen am Fuße der geschriebenen Worte. Gleich wie die einleitenden Worte war dieses auf allen Papieren gleichermaßen vertreten.

Enno gebot Einhalt. Ein stolzes Lächeln umspielte seine Mundwinkel. Er griff zu den Hölzern der Feuerstelle und holte einen angekohlten kleinen Ast hervor, dessen verrußte schwarze Spitze er genau betrachtete, und dann trat er an eine der mächtigen Felswände und begann langsam und konzentriert, damit über die rauhe steinerne Oberfläche zu fahren. Seine Bewegungen waren ungeübt und zitternd, aber dennoch erkannte Frodulf schon bald, was dort entstand. Er trat hinzu und nickte bestätigend. »Genau, Bürschlein, genau! So ist's recht!« Enno zeichnete weiter, und bald prangte das genaue Abbild der Signatur Kaiser Karls des Großen auf der Felswand. Ein Kreuz aus den trickreich zusammengefügten Buchstaben des Namens des Herrschers: KAROLUS.

»Ich habe es mir eingeprägt«, sagte Enno stolz und betrachtete sein Werk mit schiefgelegtem Kopf. »Glaubt Ihr, ich habe Talent für diese Kunst? Könnte ich die

Fertigkeit des Lesens und Schreibens vielleicht auch irgendwann erlernen?«

Frodulf nickte. »Talent hast du, mein Freund, kein Zweifel. Doch wer allein das Signum des Kaisers beherrscht, ist noch lange nicht des Schreibens kundig, denn du mußt wissen, daß der Kaiser selbst es bis heute nicht beherrscht.«

Enno sah ihn skeptisch an. »Und das Signum? Es prangt auf allen drei Urkunden und auch auf der, die die Meuchelmörder mit sich genommen haben. Wer sonst als der Kaiser schrieb es?«

Wieder kicherte Frodulf amüsiert. »Tjaja, das fragt man sich zu Recht. Schau mal, mein Junge, du hast dir das trefflich eingeprägt und wiedergegeben, dafür muß ich dich loben. Aber dennoch hast du in deinem Eifer einen kleinen Fehler gemacht.« Er ging zu der Felswand und schrubbte mit dem groben Stoff der Kutte, der seinen Ellbogen überspannte, ein kleines Detail von Ennos Zeichnung weg. Gerade da, wo das A und das U im Zentrum des Kreuzes zusammentrafen, fehlte nun ein kleiner Querstrich. »So muß es aussehen. So zeichnen es die Notarii, und so legt man es dem Kaiser vor, der es dann mit diesem einen Strich ergänzt und so zu seiner Signatur macht. Vorher ist es wertlos, das Stück Pergament. Es ist hübsch anzusehen und macht einen wichtigen Eindruck, aber jedermann, der des Lesens kundig ist, kann sehen, daß Kaiser Karl diese Urkunde nie im Leben unterzeichnet hat.«

Enno schüttelte den Kopf. »Hört, Bruder Frodulf. Das mag alles richtig sein, was Ihr mir erklärt...«

»Das will ich meinen!«

»...aber dieser Strich war da!« Er holte erneut mit dem verkohlten Stöckchen aus und ritzte eine kräftige schwarze Schramme in das Bildnis hinein. »So war es, und so habe ich es mir eingeprägt. Woher, glaubt Ihr, sollte ich wissen, daß dort eigentlich dieser Strich hingehört, wenn ich ihn nicht mit eigenen Augen gesehen hätte?«

Frodulf kratzte sich an seinem kahlen Schädel und begann, nachdenklich um die kleine Feuerstelle herumzugehen. »Hm, was du da sagst, Bürschlein, klingt sinnvoll. Und doch stellt sich die Frage: Wie kommt es, daß dieser Bote unter drei nicht signierten Urkunden, die für die Kaiserpfalz bestimmt sind, eine weitere mit sich führt, die der Kaiser offensichtlich schon längst gesehen und vervollständigt hat?«

Er trat an den Höhleneingang, verschränkte die Arme hinter dem gebeugten Rücken und füllte seine Lungen ganz tief mit der frischen Morgenluft. Mit ihr schien die Erkenntnis zu kommen, denn seine Augen blitzten Enno, der an seine Seite getreten war, plötzlich vielsagend an. »Aber natürlich! Du sagst, es habe den Anschein gehabt, daß der Bote mit diesen Unholden verabredet gewesen sei. Und du sagst, daß diese Urkunden«, er deutete vage hinter sich in das Zwielicht der Höhle, »für sie nicht von Bedeutung gewesen seien. War es so? Sie haben sie nur in die Satteltasche zurükkgestopft, damit es nicht verdächtig aussähe, wenn der Bote keine zu überbringenden Urkunden bei sich trüge.«

»Und was bedeutet das? Sagt es mir, Pater Frodulf. Ich kann mir keinen Reim darauf machen.«

»Die fehlende Urkunde ist eine Fälschung! Jemand will einen anderen glauben machen, daß der Kaiser eine Verfügung getroffen hat, die er vermutlich aus eigenem Antrieb niemals treffen würde! Kannst du mir folgen, Bürschlein?« Er packte Enno an den Schultern. Seine kalten dürren Finger fühlten sich an wie Vogelklauen. »Es muß ein ungeheuerliches Vorhaben sein, das diese Männer antreibt, wenn sie dafür diese Morde begehen!« Und mit einem Mal versiegte seine Euphorie so plötzlich, wie sie gekommen war. »Es betrübt mich allerdings, daß es ganz so aussieht, als sei ein Klosterbruder der Schöpfer dieses falschen Zeugnisses. Das betrübt mich sehr!« Er hockte sich langsam zu seinem Becher an der Feuerstelle hinunter und führte ihn an die Lippen. Schlürfend nahm er den Kräutertee zu sich. »Wieder einmal werde ich bestärkt darin, daß es die richtige Entscheidung war, dem Klosterleben den Rücken zu kehren. Wir sind begnadet, mein Bürschlein, daß wir die Kunst der Schrift beherrschen, und wir sollten sie nicht mißbrauchen.«

Enno trat hinter ihn und war für einen Augenblick versucht, ihm tröstend die Hand auf die Schulter zu legen. Dann aber trat er vor ihn und sah ihn mit großen Augen an. »Wer kann mir helfen, Pater Frodulf? Wer?«

Frodulf kaute auf seinen dünnen Lippen herum. »Eine schwierige Frage, Bürschlein. Schwierig, schwierig!« Dann richtete er den Blick starr auf Enno. »Du mußt nach...«

»Ich kann nicht nach Dalaheim zurück! Wernar wird alle gegen mich aufgehetzt haben! Sie werden mich am nächsten Baum aufknüpfen, wenn ich mich dem Dorf nähere!«

»...nach Aquis Granum«, vervollständigte Frodulf seinen Satz. »Wenn diese Gesellen dorthin sind, dann führen sie eben dort etwas im Schilde.« Er erhob sich ächzend. »Es gibt jemanden in der Kaiserpfalz, der dir helfen kann. Es ist Alkuin, der alte Brite. Kaiser Karls Hofgelehrter. Ein alter weiser Mann, in dessen Kopf der Inhalt ganzer Bibliotheken gesammelt ist. Er leitet die Hofschule, und von ihm habe ich alles erlernt, was ich heute weiß. Wenn irgend jemand dir helfen kann, dann ist er es. Ich weiß nicht, ob es klug ist, meinen Namen fallen zu lassen, denn immerhin habe ich ihm undankbarerweise den Rücken gekehrt...«

»Aber er lebt am Hofe des Kaisers, Pater Frodulf... ich bin ein einfacher Bauernjunge, vergeßt das nicht!« Enno breitete beschwörend die Hände aus.

Frodulf sah ihn lächelnd an. »Du bist ein findiges Kerlchen. Du wirst es schaffen, an ihn heranzukommen. Schildere ihm, wie es sich mit der Urkunde verhält, und er wird vermuten, daß hier jemand etwas Böses im Schilde führt. Und da Alkuin sich im Laufe seiner langen siebzig Jahre ein gehöriges Maß an Menschenkenntnis angeeignet hat, zweifle ich nicht daran, daß er erkennen wird, daß du es nicht bist, der hinter all dem steckt.«

*

Unternehmungslustig sah der Kaiser an diesem Morgen aus. Ausgeruht und voller Tatendrang. Der Wind strich durch sein wallendes, graues Haar. Er stützte sich mit den bloßen Armen auf dem metallenen Geländer des Söllers ab und ließ seinen Blick über Aquis Granum schweifen.

Im Zentrum der Pfalz waren mehrere Männer damit beschäftigt, etwas auszumessen. Er erkannte Einhard, der mit dem ausgestreckten Zeigefinger imaginäre Linien auf dem Boden des Innenhofs beschrieb, die drei andere Männer sodann mit Stöcken markierten.

Dort würde es schon bald stehen, das prächtige Reiterstandbild, das sie aus Ravenna mitgebracht hatten. Ein prachtvolles, vergoldetes Abbild des Ostgotenkaisers Theoderich, hoch zu Pferd. Es lag Karl viel daran, die germanische Ausrichtung des neuen Kaisertums deutlich zu machen. Das Reiterstandbild war eines der äußeren Zeichen, die er zu setzen beabsichtigte.

In der Tiefe wurde Einhard seiner ansichtig, klemmte sein Meßzeug unter den Arm und winkte mit der Rechten. Karl war bereits zu Ohren gekommen, daß sein emsiger Schreiber und Bauherr nach ihm gesucht hatte, also bedeutete er dem zierlichen jungen Mann mit einer ausholenden Bewegung seines Armes, zu ihm heraufzukommen.

Zwei Falten gruben sich steil in seine Stirn, als er das Gesicht der strahlenden Sonne zuwandte und die Augenbrauen zusammenzog. Sie spiegelte sich in seinen roten Wangen, durch die sich tausende von kleinen Äderchen zogen. Er hatte Lust, auf die Jagd zu gehen. Im Ardennerwald gab es prächtige Hirsche und Auerochsen, überhaupt Wild, soviel das Herz begehrte. Die Jagd war in den vergangenen Monaten zu kurz gekommen. Er seufzte. So viel Neues hatte das zurückliegende Jahr gebracht.

»...a Deo coronato magno et pacifico Imperatori Romanorum...«, flüsterte er leise vor sich hin. Er war nun Kaiser geworden, überraschend und nicht einmal so ganz nach seinem Willen.

Gerade ein Jahr war es nun her, da hatte er sein drittes Weib verloren, Liutgard, die Alemannin. Sie war für eine Frau eine vorzügliche Jägerin gewesen. Mit ihr hätte er nur zu gerne seinen Lebensabend beschlossen. Ihre Gebeine ruhten nun schon seit einem Jahr in Tours.

Die Furcht und das Zittern vor dem Göttlichen Gericht hatte auch endlich sein Ende gefunden. Der Untergang der Welt zum Jahreswechsel war ausgeblieben, man hatte Gott offensichtlich milde gestimmt. Dies war eine gute Voraussetzung dafür, das neue Amt mit Ehrgeiz anzupacken und seinen Aufgaben gerecht zu werden.

Der Kaiserin Irene von Byzanz hatte er einen Heiratsantrag gemacht, ohne auch nur einen Augenblick daran zu glauben, daß diese alte, gebrechliche Frau ihn erhören würde. Im Nachhinein schalt er sich einen Dummkopf für diesen Versuch.

Weniger als ein Jahr war vergangen, seit er von hier fortgegangen war, und doch hatte sich seither vieles verändert. So, wie schon sein ganzes Leben lang. Veränderung, Unruhe: war dies das Los, das ihm bis an sein Lebensende beschieden war?

Er hörte Kichern und trippelnde Schritte auf der Treppe, die zum Söller hinaufführte, und über sein nachdenkliches Antlitz huschte ein Ausdruck der Milde und Zufriedenheit. Ein nußbrauner und ein leuchtend roter Schopf erschienen in der Öffnung des Treppenaufgangs, und Rotrud und Bertha, seine beiden ältesten Töchter drängelten sich gegenseitig an die Wand, um vor der anderen bei ihrem Vater auf dem Podest anzukommen. Sie kicherten und versetzten sich gegenseitig Knüffe, so wie es junge Mädchen tun. Dabei waren sie schon weit über die zwanzig und gestandene Frauen mit den entsprechenden Rundungen und allem, was ein Weib begehrenswert macht.

»Du wirst es nicht sagen!«, kreischte der Rotschopf Bertha und versuchte, ihrer älteren Schwester den Mund zuzuhalten, aber diese versetzte ihr einen Stoß, so daß sie beinahe rücklings wieder in das Treppenhaus zurückgetaumelt wäre.

Karl bedachte sie mit einem milden Kopfschütteln und schloß Rotrud in die Arme, die sich zärtlich an seine breite Brust schmiegte und ihrer Schwester mit triumphierendem Blick die Zunge herausstreckte. »Sie hat eine Geschichte gehört... Von einem Stallknecht, der als Junge noch am Hofe Childerichs gearbeitet hat. Es ist eine üble Geschichte, und sie erzählte sie vorhin einem der Mönche weiter, um den in Verlegenheit zu bringen.«

»Das ist eine Lüge«, keifte Bertha, jetzt schon deutlich ärgerlicher. Sie streckte die spitze Nase in die Luft und verschränkte verärgert die Arme vor dem wohlgeformten Busen. »Es ist Alaradus, dieser lüsterne, kleine Wicht! Er verstrickt mich stets in Zwiegespräche über Männer und Weiber und das, was sie miteinander so treiben. Ich glaube fast, es bereitet ihm genau so viel

Vergnügen, darüber zu debattieren, als wenn er's selber täte!«

Karl hob den Finger. »Ich sagte es schon mehr als einmal. Belaßt unsere Mönche in ihrem Frieden. Ihr solltet sie niemals in Versuchung führen. Es ist hart genug für sie, mit so reizvollen Geschöpfen Tür an Tür zu leben, wie ihr es seid!«

Rotrud fuhr mit den Fingern durch seinen grauen Bart. »Sag ihr, daß sie dir die Geschichte erzählen soll!«

Karl hob nur fragend die Augenbrauen und Bertha begann seufzend die kleine Anekdote von Fredegunde, der Ehefrau des Merowingerkönigs Chilperich, die unter anderem ein leidenschaftliches Verhältnis mit dem Majordomus Landerich unterhielt. Sie erzählte zunächst leidenschaftslos, da sie sich schämte, ihrem Vater gegenüber über derlei Dinge zu sprechen, aber gegen Ende der Erzählung hatte sie sich in Eifer geredet, und schließlich führte sie regelrecht mit ihren Gesten und ihrer Mimik vor, was sich weiter zutrug: »Und als Herr Chilperich unverhofft von der Jagd heimkehrte und seiner Frau, die ihm abgewandt, vornübergebeugt an einer Truhe stand, von hinten voller Lust...«

Karls Augen weiteten sich vor Schreck.

»...mit beiden Händen an die Hinterbacken packte...«

»Genauso hat sie's vorhin dem armen Mönchlein erzählt!«, rief Rotrud dazwischen, aber Bertha fuhr unbeirrt fort: »Da rief sie: ›Was machst du da, Landerich?‹ Landerich! Ist das nicht fatal?« Sie begann hemmungslos zu kichern. »Was hättest du mit ihm gemacht, mein Vater?«

Karl unterdrückte ein Lachen und murmelte. »Ich hätte diesem Hurenhund die Hoden abgeschnitten!«

Keuchend erschien Einhard in der Öffnung des Treppenhauses. Er war klein und drahtig, aber beileibe kein kräftiger Mann. Als er die Töchter bemerkte, bedachte er sie mit einem halb unterwürfigen Nicken des Kopfes. Karl nahm je eine seiner Töchter an seine Seite und umklammerte sie kraftvoll. Dann setzte er ihnen einen Kuß auf die Wangen und wandte sich an seinen Schreiber: »Nun, emsiger Bezaleel, mein Baumeister, wie geht es voran mit der Planung des Standbildes?«

Einhard, der auf diesen biblischen Spitznamen ebenso hörte wie auf seinen Taufnamen, hielt mühsam mehrere Bücher und Pergamente umklammert und nickte eifrig. »Eine Kleinigkeit, wirklich nur eine Kleinigkeit. Der Sockel sollte schon in der nächsten Woche fertig sein. Das geht im Handumdrehen.«

Bertha maulte. »Immer muß es etwas Kriegerisches sein, das unser Domizil schmückt! Könnten wir nicht irgendwo ein paar appetitlichere Darstellungen anbringen lassen? Nun, Einhard? Wäre das nicht eine Herausforderung? Ein paar Fresken, so wie wir sie in Rom gesehen haben? Dinge, die den Menschen Freude machen... und Lust?«

Einhard ließ verwirrt den Blick zwischen dem Herrscher und seinen kichernden Töchtern hin und her wandern. »Nun, ich denke... ich meine...«

»Unsinn, Einhard, laß dich nicht aufziehen«, winkte Karl ab. »Was gibt es sonst noch? Du hast mich gesucht?«

»Reisende aus dem Morgenland, Majestät«, sagte der Schreiber mit wichtiger Miene. »Zunächst sah es aus, als handele es sich um einfache Händler, die ihre Waren auf dem Markt feilbieten wollen. Aber sie ließen vernehmen, daß sie etwas zu erzählen hätten über...« Er legte eine Kunstpause ein. »Über Abul Abbas!«

Strahlender Glanz trat in Karls Augen, und er machte ein paar freudige Schritte auf Einhard zu, der unwillkürlich zurückwich.

Schon zuvor war ihm zu Ohren gekommen, daß Harun Al Rashid, der fünfte Kalif aus dem Hause der Abbasiden, seinen Gesandten, den Juden Isaak empfangen und bei sich beherbergt hatte. Nun war der Jude offensichtlich auf dem Rückweg ins Fränkische Reich, und den Erzählungen fahrender Leute zufolge, hatte er prachtvolle Geschenke des Araberfürsten bei sich. Das größte Geschenk aber war zugleich auch der Grund dafür, daß die Reisegesellschaft nur sehr langsam vorankam: Abul Abbas hatte Karl ihn schon jetzt genannt, da er seine Gestalt nur vom Hörensagen kannte. Abul Abbas war ein Tier, wie es noch nie zuvor in den fränkischen Landen gesehen worden war, und Karl freute sich auf seine Ankunft wie ein kleines Kind. Abul Abbas war ein Elefant!

»Ich will diese Männer sehen! Befinden sie sich noch in der Stadt? Ansonsten laßt sie hierher zurückholen!«

»Sie lagern noch in ihren Zelten und Karren weiter südlich. Wo wollt Ihr sie empfangen? Wann?«

Karl klatschte in die Hände. »Von diesem Elefanten

zu hören, erfüllt mich mit soviel Freude, daß ich sie gerne stilvoll empfangen möchte. Ich werde sie zu einem kleinen Fest laden. Es soll übermorgen abend in der Aula Regia stattfinden.«

»Aber es sind einfache Händler.«

Er legte den Arm um die Schultern des zierlichen jungen Mannes. »Einhard... guter, treuer Einhard. Ist Aquis nicht ein Hort der Gastfreundschaft? Geh nun und laß diese Menschen einladen. Sie sind weit gereist. Wir wollen sie willkommen heißen. Ich bin neugierig, welche fremden Kräuter und Gewürze sie mit sich führen!«

Des Kaisers Anordnungen duldeten keinen Widerspruch, und so machte sich Einhard seufzend wieder an den Abstieg. Hätte nicht eine kurze Befragung der Fremden auf dem Marktplatz genügt? Womöglich wollten sich diese Leute nur wichtig machen und berichteten das, was man ohnehin schon wußte: Daß der Jude Isaak auf der Rückreise war und demnächst mit seinem Schiff in Italien landen würde. Aber Karl wollte ein Fest. Also sollte er eines bekommen.

Seine Töchter jauchzten vor Vergnügen. Ein Fest, ganz gleich aus welchem Anlaß, war ganz nach ihrem Geschmack!

Karl schlug mit der Faust in die flache Hand. »Und morgen, meine Töchter, will ich jagen gehen! Wir wollen den Fremden ein paar schöne Auerochsen braten! Sie sollen sehen, daß es auch bei uns im Lande mächtig große Tiere gibt!« Karl lachte, und sein Lachen schallte weit über den Hof der Pfalz. Die Menschen auf dem

Vorplatz blickten auf und sahen ihn hoch über ihren Köpfen thronen, den Herrscher des Abendlandes, groß, breitschultrig, mit dichtem grauem Schopf, und an seiner Seite seine beiden ältesten Töchter, mit rotglänzendem Haar die eine, mit braunen Locken die andere, in inniger Umarmung: ein Standbild der Schönheit.

Sechstes Kapitel

Frodulfs Beschreibung des Weges nach Aquis Granum war weitschweifig und mit kunstvollen Worten ausgeschmückt gewesen. Hinzu kam, daß er lange in seiner Erinnerung hatte kramen müssen, um sich überhaupt zu entsinnen, wie er vor all den Jahren den Weg aus der Pfalz in die Einsamkeit seiner Höhle gefunden hatte. Dies alles hatte zur Folge, daß Enno viel später in Aquis Granum anlangte, als Frodulf vermutet hatte. Es war bereits dunkel, und als er um die Wegecke bog und zwischen den Bäumen des Waldes vereinzelte Lichter in der Talsenke aufleuchten sah, hatte er keine Ahnung, ob er überhaupt den richtigen Ort gefunden hatte. Sollten die wenigen spärlichen Lichter, die sich da vor ihm ausbreiteten, zu der sagenhaften Kaiserpfalz gehören, die ihm verheißen worden war? Er konnte es nicht glauben.

Müde und mit vom langen Ritt schmerzenden Gliedern stieg er von dem Pferd, das ihn tapfer den ganzen Tag getragen hatte. Er war unschlüssig, was er mit ihm anstellen sollte. Sein Plan sah vor, daß es ihm gelingen mußte, in die Kaiserpfalz zu gelangen, um sich mit seinem Dilemma an Alkuin, den Abt, zu wenden, den ihm Frodulf so ausführlich geschildert hatte. Er vertraute Frodulf und glaubte ihm, wenn er versicherte, daß dieser alte Brite genau der rechte Mann wäre, ihm zu helfen. Was aber sollte er in der Zwischenzeit mit dem Pferd machen? Wenn er es mit in die Stadt hineinführte, würde er unnötig auffallen. Es war unmöglich, sich mit diesem Tier hinter Mauerecken zu verbergen oder in Hauseingänge zu flüchten. Und mußte er nicht auch davon ausgehen, daß auch die Mörder seines Onkels in der Stadt waren? Wäre es ihnen vielleicht sogar möglich, das Pferd an seinem Zaumzeug wiederzuerkennen? Andererseits erschien es ihm nicht klug, das Tier einfach inmitten der Gebäude von Aquis Granum laufen zu lassen, auf daß sich irgend jemand seiner bemächtigen mochte. Schließlich bestand trotz allem die Gefahr, daß er fliehen mußte, und dabei wäre ihm das Tier natürlich von großer Hilfe.

Er beschloß also, das Pferd hier im Wald anzubinden. Zu diesem Zweck verließ er den Weg und schlug sich eine Weile mit ihm durch dichtes Gebüsch. Als er an einer kleinen Lichtung ankam, glaubte er, die richtige Stelle gefunden zu haben. Er schlang die Zügel um eine Wurzel und rieb sanft über die Flanke des Tieres. Der Mond brach für einen Moment durch die dichten Wolken und sein Schein blitzte vom Zaumzeug des Tieres zurück.

»Warte hier, Brauner«, sagte Enno leise und besänftigend. »Wir sind so nahe an den menschlichen Behausungen, da werden die Wölfe schon nicht über dich herfallen.«

Ein letztes Mal tastete seine Hand in der Satteltasche nach etwas Eßbarem, aber das harte Brot und den Käse hatte er sich ja bereits am Mittag einverleibt, und die Beeren, die Frodulf ihm mit auf den Weg gegeben hatte, waren auch längst vertilgt. Sein Magen hatte aufgegeben zu rebellieren. Schließlich hatte es auch in Dalaheim oft genug Abende gegeben, an denen er hungrig hatte ins Stroh kriechen müssen.

Als sich die Wolken erneut vor den Mond schoben, umfing ihn wieder völlige Dunkelheit, und er ertastete sich zwischen den Bäumen hindurch den Weg zurück auf die Straße. Dann ging er talwärts, wobei er darauf Acht geben mußte, nicht zu stolpern, denn die Düsternis, die das Land bedeckte, war schier undurchdringlich.

Es dauerte lange, bevor er die ersten Gebäude erreichte. Es waren schäbige Baracken, soweit er das erkennen konnte. Ärmlicher und dürftiger zusammengehauen als in dem Ort, aus dem er hergekommen war. Sein Mut sank. Dies konnte nicht Aquis Granum sein, dies war nicht die Stadt, von der man in seinem Dorf berichtet hatte. Frodulfs Erinnerung hatte ihn an der Nase herumgeführt, und nun war er irgendwo, wo er nie im Leben hingewollt hatte.

Die Häuser standen bald dichter beisammen. Es waren düstere Holzhütten, windschief und mit schwarzen, hohlen Fensteröffnungen. Irgendwo in der Ferne bellte heiser ein Köter. Ihn fröstelte, und er beschloß, irgendwo unterzukriechen. Es konnte nicht mehr lange dauern, bis im Osten der neue Tag über die Hügel kroch, und dann mußte er ausgeruht sein, denn seine Aufgabe verlangte Mut und Kraft.

Er stolperte noch ein paar Schritte durch die finstere Gasse, deren schwarzer Schlund sich vor ihm auftat, und fand schließlich zu seiner Linken einen kleinen Dachüberstand, unter dem Stroh hervorguckte. Kein Tier, das dieses Loch als Schlafplatz hätte benutzen können, war in der Nähe, und so beschloß er, sich dort niederzulassen.

*

»He, du!« Im Traum gehörte die keifende Stimme seiner Tante. Sie trug einen Totenschädel auf dem Hals und stach mit der Mistgabel nach ihm. »Steh auf, du Wurm und zeig, was du gestohlen hast!«

Enno blinzelte. Sonnenstrahlen bohrten sich in seinen Blick. Vor ihm stand ein fettes Weib in derber Kleidung und drohte mit einer gewaltigen Faust. »Wenn du nicht augenblicklich sagst, was du hier verloren hast, kannst du was erleben!«

Enno versuchte, sich aufzurichten, stützte sich mit den Händen nach hinten ab und starrte verängstigt auf die riesige Frau, die immer näher kam und im Licht der aufgehenden Sonne einen gewaltigen Schatten auf ihn warf.

In diesem Augenblick bemerkte er, daß seine Linke in irgend etwas hineingegriffen hatte, das brach und dessen Inhalt sich nun weich und flüssig um seine Finger legte.

Er hob die Hand und betrachtete fasziniert, wie Eigelb und Eiweiß von seinen Fingern herabflossen. Er hätte sich im selben Augenblick ohrfeigen können. Da war er hungrig auf sein Nachtlager gesunken, und um ihn herum lagen die leckersten Eier, die er sich hätte einverleiben können. Ein Huhn betrachtete ihn leise glucksend und gackerte mit schief gelegtem Kopf.

»Meine Eier!«, kreischte die Frau. Das Licht färbte ihr verfilztes Haar rot. »Du verfluchter Dieb hast meine Eier gestohlen!«

Mit einem Satz war Enno auf den Beinen. Gerade

rechtzeitig, da genau in diesem Augenblick das Weib mit einem Knüppel ausholte und ihn auf die Stelle niedersausen ließ, wo Enno geschlummert hatte. Weitere Eier gingen zu Bruch. Er preßte sich an die Wand; als sie erneut ausholte und den Knüppel schwingend auf ihn zusprang, gelang es ihm, unter ihrem abgewinkelten Ellbogen hindurch ins Freie zu springen.

»Du dreckiges kleines Frettchen!«, schrie sie und setzte ihm nach.

Als er hinaustaumelte, bemerkte er zu seiner Verwunderung, daß sich die tote Siedlung in den wenigen Stunden seines Schlummers mit Leben gefüllt hatte. Männer, Frauen, rotznäsige Kinder, alles lief durcheinander, Ochsenkarren mit großen Scheibenrädern ratterten vorbei. Dies war die Stadt.

Ein Stockhieb auf seinen Hinterkopf rief ihm die Erinnerung an seine Verfolgerin wach. Er sprang vorwärts und konnte gerade noch einem Karren ausweichen. Der Kutscher brüllte etwas Unverständliches.

Als er außer Reichweite war, gab die Frau auf. Ein paar zerquetschte Eier waren die Mühe nicht wert und sie ging lauthals schimpfend zu ihrer Behausung zurück.

Dies also war Aquis Granum. Es war voller Menschen, so wie eine Stadt das sein sollte, aber es stank und sah elend aus. So hatte Enno es sich nicht vorgestellt.

Er ging die Straße entlang, wobei er den Kopf hin und her gehen ließ, begierig, die Eindrücke der neuen Umgebung in sich aufzunehmen; abgestoßen, weil dies nicht viel anders war, als der Flecken, den er hinter sich gelassen hatte. Nur war dies alles noch viel elender als bei ihm zuhause.

Zuhause? Hatte er überhaupt noch eins?

Er sah Frauen, die in den Eingängen ihrer Behausungen lehnten, die Brüste nahezu unbedeckt, die einen auffordernden Blick auf ihn hefteten, so daß kein Zweifel daran bestand, was sie von ihm wollten.

Er sah Kinder, die ihre Notdurft auf der Straße verrichteten und Hunde, die sich gegenseitig die Kehle durchbissen.

Er drehte sich um die eigene Achse, während er vorwärtsstolperte, und schaute und schaute, und plötzlich mündete die Straße in einen großen, langgestreckten Platz, der nahezu menschenleer war, und was er auf der anderen Seite dieses Platzes erblickte, ließ ihm den Atem stocken.

Dort erhob sich eine mächtige, lange Mauer. Sie war zwei Stockwerke hoch, und ihm direkt gegenüber gab es ein Bauwerk, das aus ihr hervorragte, mit Fenstern, in deren Öffnungen tatsächlich etwas angebracht war, das den Blick nach innen verschleierte, und doch nicht Stein, noch Holz oder Stoff war. Am linken Ende der Mauer erhob sich ein weiteres Bauwerk, hoch und imposant, und zu seiner Rechten erblickte Enno schließlich das, was seinen Mund weit offenstehen ließ: Ein riesiger Bau, zusammengesetzt aus Mauern, Erkern, kleinen Dachflächen, groß und spitz zulaufend, zum Himmel weisend, gekrönt mit einer goldglänzenden Kugel und einem Kreuz. Die Basilika, die Palastkirche. Dies also war die Pfalz Karls des Großen, und Enno lief ein Schauder über den Rücken.

Man hatte in seinem Dorf von diesem prachtvollen Bauwerk berichtet, Durchreisende hatten es beschrieben, aber keiner der Dorfbewohner hatte sich so recht vorstellen können, wie solch ein Gebäude denn nun wahrhaftig aussehen mochte.

Und er war hier.

Und mit einem Mal, da schrumpfte sein Mut, denn angesichts der Mauer, die da vor ihm aus dem Boden wuchs, war er sich gar nicht mehr so sicher, daß es ihm überhaupt gelingen könnte, den Abt Alkuin aufzusuchen.

»Oh, Enno, du Tropf«, murmelte er zu sich selber. »Wenn du das zuwege bringst, kannst du auch gleich dem Kaiser selbst einen guten Tag wünschen.«

Sein Magen meldete sich nun endlich wieder zu Wort, und dies tat er mit solcher Heftigkeit, daß Enno zusammenschrak, als habe es jemand hören können.

Aber, wo sollte er etwas zu Essen herbekommen?

Dies hier war die Stadt. Auf dem Land hätte er viele Möglichkeiten gewußt, sich einen Happen zwischen die Zähne zu besorgen. Ein Apfel, ein paar Beeren, das war kein Problem. Sicher, es hatte auch schon Hungersnöte gegeben, die vor nichts und niemandem Halt gemacht hatten. Vom Westen hatte man sich erzählt, daß dort Eltern ihre Kinder aufgefressen hatten, um nicht Hungers zu sterben.

Enno krallte seine Hand in den Magen, um ihn zu beruhigen. Was sollte er tun?

Er erkannte an dem nördlichen Ende des langgestreckten Platzes ein paar Händler, die auf ihren Karren Gemüse, Kräuter und sogar Fleisch feilboten. Die Burschen sahen aus, als sei nicht mit ihnen zu spaßen, und den Gedanken, er könne sie vielleicht unbemerkt um den ein oder anderen Apfel erleichtern, verwarf er auf der Stelle wieder. Hier in der Stadt wurde nicht geteilt. Hier achtete jeder auf seinen spärlichen Besitz. Es gab zu viele, die einem etwas wegnehmen wollten. Er erinnerte sich an seine Verfolgerin von vorhin, die ihm wegen ein paar Eiern am liebsten die Gurgel herumgedreht hätte.

Das Kloster!

In der Pfalz wartete Alkuin auf ihn, der weise alte Abt. Oder, vielmehr er wartete vielleicht nicht gerade auf ihn, aber er war ein gütiger alter Knabe, wenn man Frodulfs Worten Glauben schenken konnte. Er tastete nach den Pergamenten, die er unter seinem Wams verborgen hielt. Alkuin würde vielleicht sogar dankbar sein, weil er doch mit seiner Aussage sogar zur Aufklärung des Mordes an einem reitenden Boten beitrug. Er mußte hinein in diese Pfalz, koste es was es wolle. Und zu diesem Zweck erschien ihm ein ordentliches Vorsprechen bei den beiden Wachen, die unbeteiligt vor dem großen, reichverzierten Eingangsportal aus Bronze in der Mitte der Westmauer des Gebäudekomplexes herumhockten, das Vernünftigste.

Er nahm also all seinen Mut zusammen, ignorierte das alarmierende Knurren seines Magens und überquerte mit entschlossenem Schritt den Platz.

Die Wachen nahmen zunächst keine Notiz von ihm. Als aber einer ihn bemerkte und seinem Kollegen einen

Wink gab, betrachteten sie ihn abwartend und beobachteten mit skeptisch zusammengekniffenen Augen, wie er mit weit ausholendem Schritt auf sie zukam. Was wollte dieser Bauernlümmel von ihnen?

Enno brachte sich einigermaßen forsch vor ihnen in Position und versuchte, seiner Rede den entsprechenden Nachdruck zu verleihen, indem er sprach: »Ich wünsche einen guten Tag, meine Herren. Ich bin gerade erst in der Stadt angekommen, und muß, so rasch es geht, den ehrwürdigen Abt Alkuin von York sprechen. Ich habe wichtige Nachrichten für ihn. Könnt ihr mir den Weg weisen? Ich versichere euch, daß er dankbar sein wird, daß ihr mich zu ihm geführt habt.«

Die beiden schwiegen. Zunächst sahen sie ihn mit leerem Blick eine Weile an, dann verzogen sie ihre Gesichter zu einem breiten Grinsen, und schließlich brachen sie nahezu gleichzeitig in höhnisches Gelächter aus.

»Soso«, sagte der eine schließlich, als er sich wieder gefangen hatte. »Du bist also gerade erst in Aquis angekommen. Bist du denn von weit her gereist?«

»In der Tat«, sagte Enno verunsichert. »Es war eine weite und beschwerliche Reise. Ich habe mächtigen Hunger, und ich bin sicher, daß Abt Alkuin mich mit Freuden empfangen wird.«

»Wo kommst du her, du Spaßvogel?«, sagte der eine und spuckte zur Seite aus. »Willst du gleich einen Tritt in den Arsch oder lieber zuerst eine Backpfeife?«

»Ich muß euch warnen, das wird euch nicht wohl bekommen, wenn ihr mich nicht...«

Der andere trat auf Enno zu und sagte mit einem

verächtlichen Zug um die Mundwinkel: »Genug der Späße, du erbärmlicher Wicht. Jetzt geh und vergeude nicht länger unsere Zeit.«

Enno wollte erneut protestieren, da traf ihn auch schon ein Tritt zwischen die Beine, und er sank in die Knie. Ein beißender Schmerz brannte sich durch seinen Unterleib, der es als einzigen positiven Nebeneffekt fertigbrachte, daß er für einen Augenblick seinen Hunger vergaß.

»Verschwinde, du Wurm, sonst machen wir dir Beine!«, rief der eine. »Oder wir reißen sie dir aus!« Es folgte wieder höhnisches Gelächter.

Gelächter, das bis zum Dach des mächtigen Gebäudes drang, vor dem sich diese Szene abgespielt hatte. Hier oben, gelangweilt und verärgert nach einem Streit mit ihren Schwestern, stützte sich Bertha auf das metallene Gitter und hatte alles beobachtet. Ihr feuerrotes Haar flatterte im Wind. »Ein stattlicher Knabe«, war es ihr durch den Kopf geschossen, als sie Enno beobachtete, wie er trotzig den Wachen entgegengetreten war. Ein schmutziger Bauernlümmel, wie ihr seine Kleidung verriet, aber dennoch wohlgebaut und mit ebenmäßigen Gesichtszügen gesegnet, wie sie aus der Höhe mit etwas Mühe erkennen konnte. Die Tritte der Wachen hatten sie erzürnt, aber es war ihr unmöglich, dazwischenzugehen. Man konnte schließlich nicht solchem Gesindel den Zutritt zum Palast gewähren. Obwohl..., wenn sie den jungen Burschen so betrachtete, der sich da im Staub wälzte... Sie seufzte lange und sehnsuchtsvoll.

Enno rappelte sich auf und bemühte sich nach

Kräften, so schnell wie es eben ging, von den Wächtern wegzukommen. Bei jedem Schritt stöhnte er auf vor Schmerz, und als er an der anderen Seite des Platzes anlangte, ließ er sich ermattet an einer Bretterwand niedersinken. Er schloß die Augen und preßte seine Hände in den Schoß, um den Schmerz zu bändigen. So hockte er dort eine Weile und um ihn herum waren nur der Gestank und der Lärm der Stadt.

»Oh, bei Gott, was für ein bemerkenswerter Idiot du bist!«, hörte er plötzlich eine Stimme neben sich. Er blickte auf.

Dort stand ein Mann, gehüllt in Lumpen, bärtig und mit dichter brauner Krause auf dem Kopf. Er hatte die Augen geschlossen und hielt die schmutzige Hand vom Körper abgespreizt, die Handfläche nach oben gedreht. Ein Mann, der vorbeieilte, griff ohne großes Überlegen in seine Geldkatze und förderte ein Geldstück zutage, das er ihm in die Hand legte.

»Gott schütze Euch!«, schrie der Zerlumpte so laut, daß sich ein paar Leute nach ihm umdrehten.

»Wieso bin ich ein Idiot?«, fragte Enno beleidigt.

»Wie plump von einem Schwachkopf wie dir, einfach so am Palasttor zu betteln. Das Blödeste, was ich jemals mit anhören mußte.«

»Ich bettle nicht.«

»Soso? Was tust du dann? Bist du nicht eben von einer Frau verfolgt worden, der du Eier gestohlen hast? Hast du Hunger?«

»Ja, ich habe Hunger, aber...«

»Wie unglaublich schwachsinnig, an der Pfalz zu betteln. Meine Freunde werden sich den Bauch halten, wenn ich ihnen berichte, was sich zugetragen hat. Nur ein kompletter Idiot wagt so etwas.«

Enno sprang mit einem Satz hoch und ballte drohend die Fäuste. »Wage es nicht, so mit mir zu reden, du Lump. Wer bist du überhaupt? Du siehst gesund und kräftig aus! Warum bettelst du, du fauler Hund?«

»Ich bin blind«, sagte der Mann und grinste. Ein Betrunkener, der vorbeitorkelte spuckte ihm geräuschvoll in die Handfläche und entfernte sich kichernd.

»Gott schütze Euch!«, rief der Blinde wieder laut und wischte sich die Hand an seinem zerfetzten Wams ab.

Enno blickte betreten zu Boden. »Entschuldige, das konnte ich nicht ahnen.«

»Wie denn auch?«, sagte der Blinde fröhlich. »Du bist ja schließlich ein Idiot. Ich überlege, wie ich dich nennen soll: Wie wäre es mit ›Hohlschädel‹ oder ›Musgehirn‹?«

Enno war hin- und hergerissen zwischen Empörung und Mitleid, und er sagte scharf: »Meine Eltern gaben mir einen Namen: Enno heiße ich. Streng deine Phantasie nicht zu sehr an!«

»Enno. Soso. Ein schöner Name für einen Blödmann. Ich heiße Romuald. Du hast Hunger?«

Enno nickte, besann sich aber darauf, daß sein Gegenüber nichts sehen konnte und sagte kleinlaut: »Ja, habe ich.«

»Dann komm mit«, sagte der Blinde und bückte sich nach einem knotigen Stock, der zu seinen Füßen an der Bretterwand gelegen hatte.

»Aber wie konntest du beobachten, was sich dort

hinten zugetragen hat, wenn du doch angeblich blind bist?«, stutzte Enno plötzlich.

Romuald setzte ein entrüstetes Gesicht auf. »Meine Ohren sind zwar ungewaschen, aber mit ihnen sehe ich fast so gut, als hätte ich noch mein Augenlicht.«

Enno blickte noch einmal zur Pfalz hinüber, blies verächtlich die Luft aus den Backen und ging schließlich mutlos hinter dem Blinden her, der zwischen den Leuten verschwand.

Siebtes Kapitel

He, Ricbald, du siehst blaß aus! Die letzte Nacht war wohl nicht lang genug für einen Mann deines Alters, was?« Liudulf klopfte dem Seneschall auf die Schulter, so daß dieser nervös zusammenfuhr. Der junge Mann betrachtete ihn besorgt. »Ich will dir etwas sagen, Freund: Die Entsagung macht dich schwach und klapprig. Treib es wie ehedem und du wirst wieder aufblühen!« Er lachte albern und setzte seinen Weg fort. »Einhard läßt den Sockel für das Reitermonument errichten. Kommst du mit?«

Ricbald winkte ab. »Ich habe zu tun... viel zu tun.«

Liudulf zuckte mit den Schultern und verließ die Reihe der Fachwerkgebäude, um zum Innenhof der Pfalz zu gehen. Er begann, sich um den alten Ricbald Sorgen zu machen. Er wirkte fahrig und unkonzentriert. Gestern hatte er nicht am Bad teilgenommen, und am Morgen, als der Kaiser sie zu sich in die Aula gerufen hatte, hatte er ausgesehen wie ein blasser Schatten seiner selbst. Dabei war er eigentlich ein stattlicher Mann. Ein wenig in die Jahre gekommen, jedoch gesund und stets guten Mutes. Der Kaiser hatte seit ein paar Jahren schon einen Narren an dem verläßlichen, graubärtigen Mann gefressen, wie es schien, und als Audulf in Rom von ihnen gegangen war, wunderte sich niemand, daß Ricbald schon zwei Tage hernach zum neuen Seneschall ernannt wurde. Eine Wahl, die im Hofstaat begrüßt wurde.

Weiter vorne ging Einhard, wie immer beladen mit allerlei Schriften und Büchern und Liudulf winkte ihm zu: »He, Meister Einhard, wartet auf mich!«

Unterdessen stahl sich Ricbald zu seinem Haus und betrat es erst, nachdem er sich sorgsam nach allen Seiten umgesehen und sich vergewissert hatte, daß niemand ihn beobachtete.

»Wie ein Dieb«, schoß es ihm durch den Kopf. »Wie ein räudiger Dieb bei der Nacht, so muß ich mich in mein Haus stehlen!« Als er die Tür hinter sich schloß, atmete er erleichtert auf. Niemand hatte ihn behelligt. Niemand hatte ihm Fragen gestellt. Und doch war er sich sicher, daß man es ihm aus dem Gesicht lesen konnte, daß er sie all die Jahre an der Nase herumgeführt hatte.

Er hatte vor neun Jahren den Kaiser verraten und hatte bitter dafür büßen müssen. Nicht das Kloster war sein Gefängnis gewesen, und auch nicht der Tod war seine Strafe. Er hatte sein Gefängnis tagein tagaus mit sich herumgetragen, das Wissen um das, was damals geschehen war.

Die Revolte in Regensburg. Der aberwitzige Versuch, den König, der Karl damals noch war, zu stürzen. Die Verurteilung und Tötung der Männer, mit denen er gemeinsame Sache gemacht hatte. Er war der Mann in den Reihen des Königs gewesen, der ihnen das Feld von innen her bereiten wollte. Er und kein Geringerer als des Königs unehelicher Bastard, Pippin, den man den Buckligen nannte.

Und heute, wo er gerade begonnen hatte, zu vergessen, nachdem er in all den Jahren das Unrecht begriffen hatte, das er damals im Begriff gewesen war, anzurichten, heute, wo er alles besser wußte, da tauchten die Schatten der Vergangenheit auf und legten sich drohend über sein Haupt. Er war verloren. Sie hatten ihn in der Hand.

Er horchte in die Stille des Hauses. Sie verhielten sich ruhig. Sie waren vorsichtig und listig. Vor neun Jahren waren sie noch Kinder gewesen, die kaum Anteil an dem nahmen, was ihr Vater, der Vetter des Kaisers, im Schilde führte. Aber die gemeinsame Klosterhaft mit ihren sterbenden Eltern hatte sie zu Monstern gemacht. Gefährlich. Kaltblütig.

Als er die hölzernen Tritte zu den oberen Kammern hinaufstieg, sagte er laut und vernehmlich: »Ich bin es nur. Keine Gefahr.«

In der oberen Stube ließ Theodo den Dolch sinken, der noch vor wenigen Augenblicken an Gerunas Kehle gesessen hatte. Schluchzend warf sich die zarte Frau an die Brust ihres Mannes. Ricbald flüsterte tröstende Worte in ihr Ohr.

»Nun, wie kann es weitergehen?«, fragte Theodulf unwirsch. »Du hast uns lange warten lassen. Ein halber Tag ist uns nun schon verloren gegangen!«

»Ich habe Geschäfte zu erledigen! Ich bin ein Angestellter am Hofe des Kaisers, vergeßt das nicht! Wenn ich meine Aufgaben vernachlässige wird man auf mich aufmerksam werden, und das kann doch nicht in eurem Sinne sein, oder?«

Theodo winkte ab. »Schon recht. Also?«

»Es gibt eine Möglichkeit, euch im Gästehaus unterzubringen«, sagte Ricbald seufzend. »Das Problem wird nur euer kahlgeschorener Schädel sein. Als Mönche wäret ihr dort viel zu vielen Fragen ausgesetzt.«

»Warum bleiben wir nicht einfach hier?«, fragte Theodulf und betrachtete unverschämt grinsend das Hinterteil von Ricbalds Frau. Sein Bruder stieß ihn in die Seite. »So ein Unsinn! Wir sitzen hier mitten in der Pfalz. Die Gefahr, entdeckt zu werden, ist viel zu groß. Der Gedanke, im Gästehaus unterzuschlüpfen, ist famos. Dort geht es ein und aus, und es sind viele Menschen, die einander nicht kennen und nicht viel fragen. Aber unser Äußeres ist in der Tat ein Hindernis. Was schlägst du vor, Ricbald?«

Ricbald zuckte mit den Schultern. »Woher soll ich das wissen?«

Theodo warf ihm einen drohenden Blick zu. »Unsere Probleme sind auch die deinen. Du solltest froh sein, uns so rasch wie möglich aus dem Hause zu haben.« Und dann trat er näher und legte dem grauhaarigen Mann versöhnlich den Arm um die Schulter. »Und bedenke auch, daß du ja einer der ersten sein wirst, der von unserem Vorhaben profitieren wird.«

Was hätte Ricbald sagen sollen? Seine Frau sah ihn mit rotgeweinten Augen an und sprach kein Wort. Hätte er sagen sollen, daß er glücklich war mit dem, was er hatte, daß alles so bleiben konnte, daß Karl ein guter Herrscher war? Er schluckte es hinunter.

»Ich habe eine Idee«, sagte er bitter. »Kleidung zu besorgen ist keine große Schwierigkeit. Was eure kahlen Köpfe angeht, so könnte Roßhaar etwas ausrichten.«

Die beiden Brüder sahen sich skeptisch an. Wollte er sie zum Narren halten?

»Roßhaar?«, knurrte Theodulf.

Ricbald nickte. »Roßhaar, das unter einer Kapuze

herausschaut, läßt sich nicht von gewöhnlichem Menschenhaar unterscheiden. Ihr solltet nur eure Kapuzen nicht abziehen. Dann kann es gelingen.«

»Besorg uns Roßhaar«, befahl Theodo kurz angebunden. »Roßhaar und Kleidungsstücke. Ich habe es satt, hier oben in deiner Hütte gefangenzusitzen. Wir sind nicht aus dem Kloster entflohen, um uns hier erneut zwischen vier Wänden einsperren zu lassen.«

»Geruna wird gehen!«, sagte Ricbald bestimmt.

»Du gehst!«

»Ich werde meine Frau nicht ein zweites Mal mit euch alleine lassen!«

Theodo grinste. »Nun gut, sie soll losziehen.« Dann trat er nahe an die verängstigte Frau heran und kniff ihr ins Kinn. »Aber denke daran, meine Schöne: Wenn du nicht zurückkehrst... oder nicht alleine zurückkehrst, ist dein geliebter Gemahl auf der Stelle so tot wie ein Klotz Holz.«

*

Romuald umrundete die Hausecken so sicheren Schrittes und wich den entgegenkommenden Menschen und Karren so flink aus, daß Enno schon bald erste Zweifel kamen, ob dieser Mann wirklich blind war.

»Natürlich bin ich blind!«, rief Romuald empört. »Wie entsetzlich, wenn ich es nicht wäre! Mit einem Mal wäre ich meine ganzen Einkünfte los. Ich könnte sehen, müßte aber hungern. Wünschst du mir das?«

»Natürlich nicht.« Enno wich mit einem Sprung

einer Schüssel Pisse aus, die aus einer Türe heraus auf die Straße geleert wurde.

»Aber wer sorgt für dich? Du siehst nicht magerer aus als ich selbst, aber allzu viel steckt man dir nicht gerade zu, wie ich eben selbst beobachten konnte.«

»Man sorgt für uns. Die Mönche haben die Auflage, sich um uns Sieche und Bettler zu kümmern und uns zu Essen zu geben. Es gibt ein Hospitalium, in dem die Reisenden und Pilger unterkommen, und dort ist auch ein Platz für uns bereit, wo wir Nachtlager halten können. Jetzt ist es an der Zeit, sich die Gaben für den Tag abzuholen. Unser Hunger hat ein Ende, kleiner Schwachkopf.«

Enno ballte die Fäuste vor Wut. Zu gerne hätte er diesem Großmaul einen Tritt verpaßt, aber es widerstrebte ihm, einem blinden Krüppel Gewalt zuzufügen, und darüber hinaus hatte dieser Romuald offensichtlich wertvolle Hinweise für ihn, wie er in Aquis Granum vorankommen konnte. Also bezähmte er seinen Ärger und stapfte hinter ihm her.

Sie erreichten das Hospitalium, das von den Mönchen betreut wurde, aber in einiger Entfernung von der Pfalz gelegen war. Es war ein massiver Steinbau, der aus den ihn umgebenden Gebäuden hervorragte. Bereits vor dem Eingang begegneten ihnen allerhand elende Gestalten, die augenscheinlich nur darauf warteten, daß sich im Inneren des Gebäudes etwas ereignete. Viele begrüßten Romuald mit kurzen Worten. Ein anderer, Einbeiniger, der auf den steinernen Stufen des Eingangs hockte, erhob nur kurz die Hand zum Gruß, und Romuald erwiderte mit derselben

Handbewegung, was Enno sehr verunsicherte.

»Was hat er?«, fragte ein Mann, dessen halbes Gesicht von einer fürchterlichen Narbe entstellt war. Dort wo bei gesunden Menschen das rechte Auge saß, klaffte bei ihm eine schrumpelige Höhle. Er meinte Enno, der nicht von Romualds Seite wich.

Romuald zog die Augenbrauen in die Höhe, ohne die Augen dabei zu öffnen. »Ach er!« Er grinste. »Er ist blind. Auch nicht ganz richtig im Kopf, glaube ich. Aber in der Hauptsache blind.«

Der Einäugige grinste zahnlos. »Jetzt seh ich's auch.«

Dann traten sie in die Halle des Gebäudes ein. Sie war schlicht und viereckig, und mit Holzbänken bestückt, auf denen ein paar weitere Krüppel ausharrten. Alles in allem sah es nicht sehr einladend aus.

Romuald reckte den Kopf in die Höhe und lauschte. »Da tut sich etwas. Ich höre die Körbe, die sie herbeischaffen.« Und zu Enno gewandt sagte er schelmisch grinsend: »Dahinten, hinter der Tür bereiten sie alles vor. Gleich wird es hereingebracht. Wenn man des Sehens beraubt ist, kann man um so besser hören.«

Es war unmöglich, bei all dem Husten und Krächzen rings um sie herum irgend etwas dergleichen zu vernehmen, und um so überraschter war Enno, als sich wenige Augenblicke später die gewaltige Türe in der Mitte der Stirnwand auftat und vier Mönche mit einem Karren und mehreren Körben hereintraten. Ennos Magen schlug Purzelbäume angesichts der Speisen, die hereingebracht wurden.

»Was siehst du?«, murmelte Romuald.

»Ich sehe Brote. Viele Brote. Käse. Und da ist etwas in einem großen Kessel, das dampft.«

»Du bist blind«, raunte sein Begleiter und rammte ihm den Ellbogen in die Rippen. Rasch schloß Enno die Augen und griff nach Romualds Gürtel, auf daß dieser ihn führe. Nun war es schwarz um ihn herum, und der Duft des Essens stieg um so intensiver in seine Nase. Er roch Bohnen und Speck, und sein Magen gurgelte in heller Vorfreude.

Sie hatten sich in einer Schlange eingereiht, und als sie zuvorderst angelangt waren, brummte einer der Mönche, der mit dem Verteilen der Speisen beauftragt war: »Na, Romuald. Wen hast du denn da im Schlepptau?«

»Eine arme Seele, Vater!« Er klang mit einem Mal sehr weinerlich. »Speiset ihn, und wenn Gott der gerechte Herr am Jüngsten Tag Eure guten Taten belohnt, wird er zu Euch sprechen: Ich war Gast, und du hast mich aufgenommen.«

»Sag mir nicht, was ich zu tun hab, du Hochstapler. Er ist jung und kräftig und trägt ein Bauernwams. Was hat er hier verloren? Welches Gebrechen soll er denn haben, daß er hier betteln kommt?«, blaffte der Mönch.

»Er ist blind. Mich dauert sein Schicksal, weil es auch das meine ist, Vater.«

Enno fand, daß Romuald zu sehr übertrieb.

»Blind?« Enno fühlte einen zarten Lufthauch, als der Mönch ihm mit der Hand vor der Nase herumfuchtelte. »Nie und nimmer!«

»So blind wie ich. So glaubt mir doch.«

Der Mönch stieß einen Laut der Verachtung aus

und drückte Enno einen Napf, ein Stück Brot und einen Kanten Käse in die Hand.

Sofort wollte er seine Zähne in das Brot graben, aber der Mönch räusperte sich geräuschvoll, und Enno ahnte, was er vermißte: Rasch schlug er das Kreuzzeichen.

Als sie einen Sitzplatz auf den Bänken gefunden hatten, hatte Enno sein Brot und den Käse schon verschlungen, und immer noch hungrig begann er nun, mit den Fingern den Speck und die Bohnen aus dem irdenen Napf herauszupuhlen.

»Warum beschenken sie uns?«, fragte er schmatzend.

»Unser Herrscher hat es vor vielen Jahren so erlassen. Alle Klöster sind verpflichtet, die Armen und Kranken zu speisen. Das ist Christenpflicht. Wir dürfen hier sogar schlafen.« Er deutete mit dem fettglänzenden Finger auf eine weitere Tür. »Dort befindet sich einer von zwei Schlafsälen, in denen wir und die Reisenden untergebracht sind.« Enno erlaubte sich ein vorsichtiges Blinzeln und sah, wohin Romuald wies.

»Es gibt mit Leinen bezogene Betten, und von Zeit zu Zeit erhalten wir auch abgelegte Kleidung der Mönche.«

Dann aßen sie eine Weile schweigend, und als Enno seinen Napf leergegessen hatte, drückte ihm Romuald den Rest seines Brotes in die Hand und sagte: »Du scheinst es zu brauchen, kleiner Verrückter.«

Irgendwann begann er zu fragen. »Nun sag mir, was du in der Pfalz wolltest. Kein Mensch kann so dumm sein zu versuchen, in den Kleidern eines

Bauernlümmels in den Palast des Herrschers zu gelangen.«

»Nicht hier«, sagte Enno und leckte sich die Finger ab.

Am Eingang begegnete ihnen eine Frau mit rotgeränderter Blick, die unsicher in die Halle trat. Ihre Kleidung wies sie als Frau von Stand aus. Sie nahmen keine Notiz voneinander.

Als Enno und Romuald das Gebäude verlassen hatten, um sich an einem sonnigen Platz niederzulassen, wandte sich die Frau an einen der Mönche und fragte mit zarter, ängstlicher Stimme nach ein paar Kleidungsstücken für zwei Bedürftige.

Achtes Kapitel

Fünf Zelte standen auf einer kleinen Lichtung an der Inde. Vier kleine, ein größeres, allesamt nicht sehr prunkvoll, sondern hergestellt aus derben Häuten, zerschunden, geflickt, und getränkt mit dem Regen vieler Länder, verfilzt vom Staub der ägyptischen Wüste und der russischen Steppe.

Friedlich grasten die Packesel an einer Biegung des Flusses. Rauch stieg von einem Feuer inmitten des Zeltrunds auf. Verhüllte Gestalten waren damit beschäftigt, in den beiden Zelten, in denen die kostbaren Waren und Güter gelagert wurden, Ballen zu stapeln, Stoffe auszubreiten, um sie auf ihre Unversehrtheit zu prüfen, Säcke mit Gewürzen zu sortieren. Es herrschte emsige Betriebsamkeit.

Als sich die drei Reiter von Norden aus der Stadt kommend näherten, nahm die fremdländische Atmosphäre sie augenblicklich gefangen.

Liudulf hielt schnuppernd die Nase in die Luft und sog tief das herbe Aroma des Weihrauchs und der Gewürze ein, die das kleine Lager der Händler aus dem Orient in die Umgegend verströmte. »Zimt«, sagte er zu Ricbald, der der Anführer des kleinen Reitertrupps war. »Und ich glaube ich rieche auch Moschus!« Der Angesprochene nickte abwesend. Seine Gedanken waren an einem ganz anderen Fleck, gar nicht weit entfernt und doch in einer anderen Welt.

Sigard, der Dritte im Bunde, war ein kleiner rundlicher Mann mit langem, zotteligen Haar und zwei strahlend blauen Augen. Er konnte gar nicht schnell genug von seinem Pferd herunterkommen, so sehr reizte es ihn, die Kostbarkeiten in Augenschein zu nehmen, die die Fremden mit sich führten.

Ricbald band, genau wie die beiden anderen, die Zügel seines Pferdes an einen Baum und rückte sich den Gürtel zurecht. Auch er nahm den betörenden Duft der Öle wahr, die gerade von zwei verhüllten dunkelhäutigen Frauen in kleinere Gefäße umgefüllt wurden. Er sah natürlich auch das prachtvolle Purpurrot des glänzenden Seidenstoffes, der im Wind flatterte und auch die geheimnisvollen Blicke der Frauen, als sie die Ankömmlinge über ihre Schleier hinweg aus tiefschwarzen Mandelaugen musterten.

Aber Ricbald wälzte fortwährend die schwere Last in seinem Kopf herum, die ihm die beiden mörderischen Brüder aufgebürdet hatten. Jetzt war ihm eine Atempause gegönnt. Die beiden waren ausstaffiert worden, geradeso, wie er es sich vorgestellt hatte. Sie trugen nun die Kleidung der einfachen Leute, und unter ihre Kapuzen hatte er ihnen Roßhaar gestopft, so daß niemand ihnen mehr anmerken konnte, daß sie in Wirklichkeit ihrer Haare beraubt waren. Jetzt, wo der Tag sich langsam dem Abend zuneigte, hatten sie sich in ihrer neuen Gewandung aufgemacht, um bei der Verwirklichung ihres kühnen Plans weiterzukommen. Es wäre ihm wohler gewesen, wenn er eine Ahnung gehabt hätte, wo sie sich in diesem Augenblick aufhielten.

Geruna war zum Haus ihrer Freundin Frideuara gegangen, mit der sie in früheren Zeiten, bevor der Kaiser ihn auf seinen hohen Posten berufen hatte, immer viel Zeit verbracht hatte. Er hätte es nicht ertragen können, sie allein in ihrem Haus zu wissen, solange diese Sache nicht ausgestanden war. Und ausgestanden war sie noch lange nicht. Die schwerste Aufgabe lag ja schließlich erst noch vor ihm. Diese beiden Verbrecher eine Nacht und einen Tag bei sich zu verstecken und ihnen eine Verkleidung zu beschaffen war ein Kinderspiel gewesen gegen das, was sie im Weiteren von ihm verlangten. Nachdem sie ihm fast einen ganzen Abend lang in düsteren Worten geschildert hatten, welches Schicksal ihn und seine Frau ereilen würde, wenn ruchbar würde, was er damals getan hatte, waren sie schließlich damit herausgerückt: Ins Haus des Frankenherrschers sollte er sie hineinschaffen, sie in seine unmittelbare Nähe bringen, damit sie ihren mörderischen Plan durchführen konnten. Sie hatten ihm bislang noch nicht erzählt, auf welche Weise sie dann vorgehen würden, und wenn er ehrlich war, wollte er es eigentlich auch gar nicht wissen. Andererseits mußte er erfahren, was in ihren finsteren Köpfen herumspukte, weil sie ihn bereits in ihrem Netz gefangen hatten, weil er bereits ausweglos in diesen gemeinen Plan verwoben war.

Die drei Abgesandten des Kaisers traten näher, und auch aus der Gruppe der Händler lösten sich zwei Männer mit scharfgeschnittenen Gesichtszügen und kamen ihnen gemessenen Schrittes entgegen.

Sie waren weit gereist und betrieben seit vielen Jahren einen Handel mit dem Abendland, der sie weit herumgebracht hatte. Weihrauch führten sie mit sich und indisches Elfenbein, Moschus, Aloe, Kampfer und

Zimt, syrischen Balsam und vieles mehr. Wo auch immer sie mit ihren Eseln und Karren auftauchten, erregten sie großes Aufsehen, denn ihre verschlossenen Gesichter und merkwürdigen Rituale gaben Raum für vielerlei Phantasien. Sie brachten Geschichten mit und Geheimnisse. Einer von ihnen hatte dereinst einem Bischof eine einbalsamierte Maus als nie zuvor gesehenes Tier angeboten und dem Geistlichen bei diesem Handel eine stattliche Summe Geldes aus der Tasche gezogen.

Und diese Leute hier, so war Ricbald gesagt worden, wußten Neues zu berichten über das sagenumwobene Geschenk des Harun Al Rashid, nämlich den Elefanten. Ob sie sich damit nun nur interessant machen wollten, oder ob sie wirklich etwas von der Einschiffung des mächtigen Tieres gehört hatten, darüber erlaubte sich Ricbald kein Urteil. Er kannte dieses Volk als schlitzohrige Geschäftsleute, die es gewohnt waren, mit einem schier unverständlichen Kauderwelsch zu lamentieren und zu feilschen.

»Mein Herr, Karl, der allergnädigste, erhabene, von Gott gekrönte große friedbringende Kaiser des Römischen Reiches, und durch das Erbarmen Gottes König der Franken und Langobarden, läßt Euch seinen Gruß übermitteln. Er erkundigt sich nach Eurem Wohlbefinden und heißt Euch herzlich in Aquis Granum willkommen.«

Einer der Orientalen trat nach vorn und zog skeptisch die Stirne kraus. Mühsam versuchte er, die richtigen Worte zu finden in einer Sprache, die nicht die seine war: »Warum kümmert sich Euer Kaiser um uns, mein Herr? Wir sind nur Händler. Bescheidene Gäste Eures Landes, nichts weiter.«

»Ihm ist zu Ohren gekommen, daß Ihr Neuigkeiten vom Geschenk des Kalifen Harun Al Rashid von Eurer Reise mitgebracht habt.«

»Der Elefant? Ihr meint den Elefanten?« Der Mann ließ seine Finger durch den schwarzen Kinnbart gleiten.

»Eben der. Der Kaiser ist sehr neugierig, was Ihr davon zu berichten wißt. Ihr müßt wissen, daß er sich sehr auf die Ankunft dieses Geschenks freut. Er brennt vor Ungeduld und erfreut sich an jeder Neuigkeit. Er lädt Euch ein, am morgigen Abend mit ihm in der Pfalz zu essen und zu feiern.«

Die Orientalen blickten sich fragend an. Nicht alle von ihnen schienen der Sprache mächtig. Ihr Sprecher übersetzte aufgeregt Ricbalds Worte und erntete erstaunte Gesichter. Einen Moment lang schwatzten sie wirr und aufgeregt durcheinander. Ihre kehligen Stimmen überschlugen sich vor Aufregung.

Schließlich trat der eine wieder vor und verbeugte sich tief vor Ricbald und den beiden anderen. Sein Gesicht war ein einziger Ausdruck der Demut. Mit geschlossenen Augen verkündete er: »Richtet Eurem Herrscher aus, daß wir beschämt sind und beglückt gleichermaßen. Wir nehmen die Einladung an und werden uns glücklich schätzen, dem großen Herrscher des Abendlandes ein paar bescheidene Geschenke aus unserem Land machen zu dürfen.«

Ricbald nickte kurz. »So werde ich es dem Kaiser ausrichten.« Dann wandte er sich zum Gehen und bedeutete Liudulf und Sigard mit einem Wink, wieder auf die Pferde zu steigen.

»Wartet!«, rief der Muselmane und winkte einer der Frauen zu. »Meine Tochter Esma. Sie wird Euch ein kleines Zeichen unserer Freude überreichen.« Die junge Frau schlug die Augen nieder, als sie Ricbald ein kleines, kunstvoll verziertes Kästchen überreichte. Es schillerte in allen Farben und war mit Edelsteinen besetzt. »Es enthält duftende Kräuter. Nehmt dies als Geschenk von mir und reicht es an Euer Weib weiter. Und sollte Euch der Sinn nach Gewürzen oder Stoffen aus dem Morgenland stehen, so besucht uns am morgigen Tage auf dem Marktplatz.«

Ricbald bedankte sich lächelnd und stieg auf sein Pferd.

Als sie zurückritten, dachte er an die Händler, die ihm auf all seinen Reisen an der Seite des Kaisers begegnet waren. Sobald sie erkannten, daß er zu Karl gehörte, waren ihm Geschenke und Ehrbezeigungen sicher. Diese Halsabschneider mochten noch so tun -- er wußte genau, daß sie immer nur ihren eigenen Profit im Auge hatten. Wenn sie in ihre Heimat zurückkehrten, hatten sie sich mit Marderpelzen, Bärenfellen, Schwertern und auch Eunuchen eingedeckt, mit flämischer Wolle und Webstoffen aus Thüringen, mit den starkknochigen fränkischen Pferden und wilden Jagdhunden. Die Einladung beim Fränkischen Kaiser war für sie ein Geschenk ihres Gottes, denn vermutlich würden sie am morgigen Abend mit einem Schlag ihre ganze Ware loswerden, ohne daß sie unnötig um den Preis feilschen mußten.

Als sie die Grenze der Stadt erreicht hatten, trennten sich ihre Wege. Liudulf und Sigard wollten ihre Pferde sofort zum Stallmeister in die Pfalz bringen, und Ricbald gab vor, noch einen Ritt zu seinem Lieblingsplatz zu machen, den er seit ihrer Abreise nach Italien nicht mehr gesehen hatte. »Sagt dem Mundschenk, daß alles vorbereitet werden kann. Haltet ihn an, kein Schweinefleisch auf die Tafel zu bringen«, rief er den beiden hinterher, während er die Zügel nach Westen herumriß.

Liudulf blickte dem Seneschall nach, wie er die Anhöhe hinaufritt, bis sein Pferd zwischen den ersten Bäumen des Waldes verschwand. Er zog die Stirn kraus und murmelte: »Irgend etwas stimmt nicht mit dir, alter Freund. Irgend etwas verwirrt deine Sinne. Ein Königreich würde ich dafür geben, zu wissen, wo du hinreitest.«

*

In der Tat suchte Ricbald seinen Platz auf. Er lag auf einer Anhöhe am Waldrand. Ein Findling diente ihm als Sitz, genau wie in den alten Zeiten. Hier hatte er oft gesessen und auf Aquis geschaut, hatte verfolgt, wie das mächtige Bauwerk der Kaiserpfalz wuchs und wuchs, wie sich die Häuser vor seinen Toren ansiedelten und die Ortschaft ausweitete.

Doch was ihn heute hierher trieb, war alles andere als der bloße Wunsch nach Zerstreuung oder die Sehnsucht danach, sich an einem vertrauten Ort irgendwelchen Träumereien hinzugeben.

Er war kein sentimentaler Mann, aber als er an seinem Platz ankam und die beiden Brüder zwischen den ersten Büschen des Waldsaums erkannte, da war es ihm, als sei diese Stätte entweiht worden. Dabei hatte er selbst diesen Treffpunkt vorgeschlagen, da ihm eine Zusammenkunft mit den beiden inmitten der Stadt viel zu gefahrvoll erschien.

Er glitt träge von seinem Sattel herunter. Müde war er und erschöpft, da er in der Nacht kein Auge hatte zumachen können.

Theodo grinste verschwörerisch, als er Ricbald die Hand zum Gruß entgegenstreckte. Ricbald war skeptisch. Die beiden wirkten sonderbar heiter.

»Was macht euch so froh?«, fragte Ricbald brummig. »Freut ihr euch, daß ihr mit ein wenig falschem Haar auf dem Kopf wieder am Leben teilnehmen dürft? Habt ihr endlich eingesehen, daß das, was ihr vorhabt, der bare Unsinn ist?«

Das Lächeln wich aus Theodos Gesicht. Ein ernster Zug grub sich in seine Stirn. »Keineswegs, Freund Ricbald.«

»Nennt mich nicht Freund!«

»Wir sind festen Willens, unseren Plan durchzuführen. Wir sind heute sogar einen Schritt vorangekommen.« Theodulf holte ein kleines Bündel hervor und legte es auf die rauhe Oberfläche des mächtigen Findlings. Langsam begann er, es auszuwickeln. Ricbald trat neugierig näher. Eine Handvoll kleiner schwärzlich-weiß gemusterter Samen, groß wie Saubohnen, kamen zum Vorschein.

»Dies ist Rhizinus.«

»Ich hörte davon.«

»Ein Heilmittel im Grunde genommen. Du weißt schon. Das Öl dieser Samen ist ungefährlich und dient zur Erleichterung, wenn die Notdurft nicht verrichtet werden kann. Doch in den Rückständen vom Pressen bleibt tödliches Gift. Das Gift ist so tückisch, daß man sich erzählt, daß Menschen, die unbedarft die hübschen Samen als Kette aufgereiht am Halse tragen, zugrunde gegangen sind, weil das Gift durch ihre Haut hindurch in ihren Körper gelangte. Man kann es auf vielerlei Arten und Weisen einsetzen. Das macht es für uns so wertvoll.«

»Ihr wollt ihn vergiften? Ist das euer Plan?« Er lachte laut auf. »Ein gewöhnlicher, kleiner Racheplan! Das ist es also!«

Theodulf richtete sich drohend auf, aber Ricbald ließ sich nicht beirren und fuhr fort zu spotten: »Viel Glück meine Herren. Geht nur hin und vergiftet den mächtigsten Mann des Abendlandes. Sie werden euch hängen, köpfen und vierteilen, und sie werden sich eifrig darum streiten, in welcher Reihenfolge sie es tun sollen!« Er lachte laut und dröhnend und vergaß alle Vorsicht, die geboten war, weil dadurch ihr konspiratives Zusammentreffen womöglich entdeckt werden konnte. »Tut es, ihr Narren, tut es nur, aber tut es ohne mich!«

In diesem Moment holte Theodulf aus und versetzte ihm eine so schallende Ohrfeige, daß der rundliche Mann rückwärts taumelte und hart gegen den großen Felsbrocken geschleudert wurde.

»Halt dein Maul und höre zu, Ricbald. Glaubst du im Ernst, wir hätten die Torturen der Flucht und der beschwerlichen Reise auf uns genommen, um uns nur an simpler Rache gütlich zu tun?« Theodo berührte mit seiner Nasenspitze beinahe die des Seneschalls. »Oh nein, mein Freund, so dumm sind die Söhne Tassilos von Bayern keinesfalls!« Er wickelte das Päckchen mit den todbringenden Körnern vorsichtig wieder zusammen. »Bei Rhizinus handelt es sich um ein besonderes Gift, mein Freund. Es tötet nicht auf der Stelle. Es wird nicht so sein, daß Karl von einem Moment auf den anderen mit schmerzverzerrtem Gesicht umfallen und sein Leben aushauchen wird. Einen solch gnädigen Tod, dies nur ganz nebenbei gesagt, würden wir ihm nicht gönnen. Nein, nein, er wird über mehrere Tage dahinsiechen, wird in einen tödlichen Schlaf fallen und langsam und qualvoll aus dieser Welt scheiden. Eine schöne Schmach für jemanden, der all die vielen Schlachten und Scharmützel überlebt hat.«

»Während er dahinsiecht, wird es eine Zeit der Verwirrung geben. Keiner seiner Söhne wird es wagen, voreilig den Thron zu besteigen, noch bevor der alte Kaiser aus dem Leben geschieden ist«, setzte nun Theodulf mit grimmiger Stimme ein.

»Und hier genau kommt die Stelle unseres Plans, die uns mit besonderem Stolz erfüllt!« Theodo griff in sein Wams und förderte eine Pergamentrolle zutage, auf die Ricbald schon zuvor einen Blick erhascht hatte. Die beiden hüteten das Schriftstück wie ihren Augapfel, ließen es nicht aus den Augen und trugen es stets am Leibe. Jetzt trat Theodo zu dem Felsblock und entrollte das Pergament zum ersten Mal vor Ricbalds Augen. Was er dort las, konnte er kaum glauben: »In nomine patris et filii et spiritus sancti...« Er begann laut zu lesen, aber dann erstarben seine Worte, und seine Lippen formten stumm die weiteren Silben, während seine Augen dem Text des Schriftstücks folgten.

»Unterzeichnet«, murmelte er ehrfürchtig. »Das hat er euch unterzeichnet?«

Theodo und sein Bruder sahen sich voller Stolz an. »So glaubst du, mein getreuer Ricbald, und so wird es jeder glauben... Nun, mag sein, daß es Zweifler geben wird, aber immerhin wird niemand uns jemals das Gegenteil beweisen können.«

Theodulf nickte zufrieden. »Freiheit für Pippin, den leiblichen Sohn des Herrschers, den sie den Buckligen nennen. Und Freiheit für die Nachfahren des Bayernfürsten Tassilo, und reiche Ländereien als Wiedergutmachung für einen jeden von ihnen. Wir haben kostbare Jahre unseres Lebens im kalten Grau der Klöster zugebracht, dort, wo man flüstert und weint. Uns hat man geschoren, die Bärte gestutzt, unserer Manneskraft beraubt, und das Einzige, was uns Kraft gab, all diesen Schmerz zu ertragen, war der Gedanke an das hochmütige Scheusal, das über uns zu Gericht gesessen und uns aus dem warmen Licht der Welt, die wir so sehr liebten, in ihren kalten Schatten geschleudert hat. Der Gedanke an ihn und seinen grausamen Tod.«

»Es ist eine Fälschung?« Ricbalds Finger strichen über die glatte Oberfläche des Pergaments.

»Von einem Meister. Ein Mönch aus der Schreibschule in St. Maximin. Er hat ganze Arbeit geleistet, findest Du nicht?«

Theodo rollte das Dokument wieder zusammen und verstaute es in seinem Wams. »Und dies ist das Schriftstück, das wir präsentieren werden, wenn es sehr plötzlich sehr schlecht um den Kaiser bestellt ist. Ratlosigkeit und Verzweiflung werden herrschen, wenn er krank darniederliegt, sich tagelang in Fieberkrämpfen windet und nichts mehr tun kann, um uns aufzuhalten. Niemand wird etwas ahnen, denn wir werden niemandem das Anrecht auf den Thron streitig machen. Das ist unser Vorteil.«

»Noch nicht«, knurrte Theodulf und schob die Daumen hinter seinen Gürtel. »Wer weiß, was die Zeit bringt, wenn wir erst einmal wieder rehabilitiert sind. Du weißt, wie es um die Erben Karls bestellt ist. Ihr Vater hat sie nie teilhaben lassen an seiner Regentschaft. Seine Töchter waren ihm stets näher als seine Söhne. Pippin, der König von Italien... nun ja. Und was von Ludwig, dem Frömmler, zu halten ist, das wissen wir alle. Eher würde Karl einem seiner Enkel die Krone weiterreichen. Bernhard vielleicht.«

»Ihr seid bestens informiert über alles, was Karl betrifft«, murmelte Ricbald staunend.

Theodo nickte bitter. »Wie ich bereits sagte: Allein das hat uns am Leben erhalten.«

»Man wird euch trotzdem töten!«, schmetterte ihm Ricbald entgegen und rieb sich den schmerzenden Hinterkopf. »Jeder Dummkopf wird erkennen, daß zwischen eurem Auftauchen und dem Tod des Kaisers ein Zusammenhang besteht. Wie könnt ihr nur so einfältig sein?« Theodulf wollte erneut zum Schlag ausholen, aber sein Bruder hielt ihn zurück. »Nicht, wenn wir es richtig anstellen. Zwei Tage soll er in seinem stummen Kampf mit dem Tod liegen, bevor wir in Aquis auftauchen. Wir werden an seinem Krankenlager miterleben, wie seine Seele in die Hölle hinabfährt. Und wir werden Tränen vergießen, weil er ein so guter Mensch war, der uns seine späte Gnade zuteil werden ließ. Man wird uns Glauben schenken, wenn wir klug vorgehen.« Er rollte bedeutungsvoll mit den Augen und nahm Ricbald fest ins Visier. »Wir drei! Niemand wird die Ursache des Siechtums erkennen. Das Gift muß dem Kaiser von einer anderen Person eingeflößt werden. Von jemandem, der sein Vertrauen genießt.« Er grinste vielsagend und klopfte seinem Gegenüber auf die Schulter.

Eisiges Schweigen hing zwischen ihnen in der Luft. Vom Wald her war das Geschrei eines Eichelhähers zu hören. Ein zarter Windhauch ließ die Blätter leise flüstern.

»Das kann nicht euer Ernst sein«, flüsterte Ricbald fassungslos. »Sagt mir, daß das nicht wahr ist. Ihr wollt mich zu eurem Werkzeug machen?«

»Schätze dich nicht geringer ein als du bist, teurer Ricbald. Ein Werkzeug wäre zu wenig gesagt. Du bist einer von uns. Wir werden künftig alles mit dir teilen. Das Wagnis und den Erfolg.« Theodo streckte die flache Hand aus. Sein Bruder ließ die seine klatschend darauf herniedersausen. Dann blickten sie fordernd den Dritten im Bunde an.

Ricbald wandte sich ab. »Wie soll ich denn nur... wie könnte ich...?« Er ließ seinen Blick von der Anhöhe hinab zum Tal schweifen, blickte zur Kaiserpfalz hin und seufzte.

Und mit einem Mal wandte er sich zu ihnen um, und ein wacher Zug hatte sich um seine Augen gelegt. Sie konnten förmlich seine Gedanken durch sein Hirn eilen sehen. Er tat ein paar Schritte auf und ab, strich sich sinnend durch den Bart, und mit einen Mal sah er sie triumphierend an. »Wie aber wäre es, wenn Karl das Gift durch die Hand eines gänzlich Fremden empfangen würde?«

Sie sahen ihn fragend an. »An wen denkst du?«

»Es müßte jemand sein, dem man hinterher die Tat in die Schuhe schieben könnte. Jemand, der den Verdacht von uns ablenkt. Ein Fremder. Oder noch besser mehrere. Mehrere Fremde...«

»Von wem sprichst du?«

»Ist Rhizinus nicht ein Gewächs aus der Fremde? In Afrika wachsen diese Sträucher. Ich sah, wie es in Rom auf dem Markt feilgeboten wurde. Von Händlern aus dem Orient. Hört... Wer könnte dem Kaiser besser ein solches Kraut verabreichen als Reisende aus einem fernen Land?« Er rieb sich aufgeregt die rauhen Hände, so daß ein flüsterndes Geräusch ertönte. »Schon morgen wird in der Aula Regia ein Empfang für eine Gruppe von Händlern aus dem Orient stattfinden. Ein Festmahl. Geschenke, Gewürze, Kräuter. Viele Menschen. Viele fremde Menschen. Eine vorzügliche Gelegenheit für eine Tat wie die eure!«

Neuntes Kapitel

Romualds Hand streichelte sanft über die Flanken des Pferdes. Er nickte bedächtig. »Wohlgenährt, doch, doch. Ein gutes Tier.«

Enno hatte den Bettler unter heftigem Protest bis hier hinaus in den Wald gebracht, wo das Tier in seinem Versteck geduldig darauf gewartet hatte, daß man es abholte.

»Genau wie ich es dir erzählt habe. Ein Tier aus einer guten Zucht, kein einfacher Ackergaul. Hiermit war niemand anderer als ein Königsbote unterwegs.« Enno löste die verknoteten Zügel vom Baumstamm. Er ging voran, und das Pferd trottete langsam an seiner Seite. Romuald folgte ihnen in einigen Schritten Abstand, viel zu selbstsicher für einen Blinden, wie Enno in diesem Augenblick wieder einmal feststellte.

Romuald hatte dem Bauernjungen gesagt, daß er einen Mann kenne, bei dem er das Pferd ohne Aufsehen versilbern konnte, ohne allzu lästige Fragen beantworten zu müssen. Der Verkauf des Pferdes würde Geld bringen, das dazu dienen konnte, den Weg in den Palast zu ebnen, wenn es in die rechten Hände gedrückt würde. Ab und an fragte Romuald nach der Anordnung der Bäume am Wegesrand, oder aber danach, ob beispielsweise ein Weg kreuzte. Dann entschied er sich, ob sie rechts oder links zu gehen hatten, oder ob ihr Weg weiter geradeaus führte. Ein Blinder, so hatte Enno geglaubt, war gebunden an die Stadt, an vertraute Winkel und Gebäude, mit deren Hilfe man sich auch ohne Augenlicht orientieren konnte. Romuald aber schien auch das Umland bestens zu kennen, denn sobald ein Bächlein in seinem Bett murmelte spitzte er die Ohren und nickte wissend, an Hohlwegen legte er prüfend die Hand auf das Gestein, und Enno kam zu der Überzeugung, daß es sich bei seinem Begleiter entweder um einen Mann handelte, dem die ewige Nacht die verbliebenen Sinne aufs Vortrefflichste geschärft hatte, oder ganz schlicht um einen grandiosen Schauspieler.

»Königsbote, hmhm...« brummelte Romuald. Es klang nach wie vor verächtlich.

»Du schenkst mir immer noch keinen Glauben?«

»Doch, doch, gewiß...«

»Also nicht.«

»Laß es mich so ausdrücken, mein kleiner Narr. Deine Geschichte ist zu dünn, als daß sie erfunden sein könnte.«

»Dünn?« Enno blieb empört stehen, und Romuald wäre ihm beinahe von hinten in die Fersen getreten. Vielleicht war er ja doch blind. Ein wenig nur.

»Dünn. Als Geschichte. Ich möchte von mir selbst behaupten, daß ich ein recht guter Geschichtenerzähler bin. Meine Freunde jedenfalls behaupten es immer wieder. Ich kenne nicht weniger als drei Dutzend vorzügliche Geschichten darüber, auf welche Art und Weise ich einst mein Augenlicht verloren habe. Einmal, da erzählte ich, ich sei vor beinahe zwanzig Jahren im Gefolge Karls in Verden gegen die Sachsen gezogen. Das Blut färbte die Aller rot. Blutrote Fluten inmitten von satten grünen Auen. Dies war das Letzte, was ich sah, denn plötzlich...«

»Meine Geschichte ist nicht erlogen!«

»Das sage ich ja. Dafür wäre sie ja auch viel zu dünn. Sie hat keinen sinnvollen Beginn, im Mittelteil ist sie dürr und unausgegoren, und es fehlt ihr ganz und gar an einem erbaulichen Ende.«

Enno seufzte entmutigt und setzte seinen Weg fort. Er hatte Romuald auf dem Weg aus der Stadt heraus in alles eingeweiht, was ihm bisher widerfahren war. Er hatte berichtet, daß man ihn womöglich wegen des Mordes an seinem Onkel und seiner Tante suchte, und daß er hier war, um wegen des gefälschten Pergaments den Hof des Kaisers zu alarmieren und sich von jeglicher falschen Verdächtigung reinzuwaschen. Schließlich war Romuald der erste von all diesen Stadtmenschen, der sich um ihn gekümmert hatte, und er erschien ihm zugleich schlitzohrig genug, um ihm eine Möglichkeit zu verschaffen, in den Kaiserpalast zu gelangen. Enno hatte ihm das Messer gezeigt, das er aus dem Leib seines toten Onkels gezogen hatte, und Romuald hatte seine Finger über den verzierten Griff wandern lassen und beifällig genickt. »Wo hast du es gestohlen?«

Romuald gab sich ungläubig, aber tief in seinem Herzen, so glaubte Enno zu erkennen, hatte er längst erkannt, worauf es wirklich ankam.

Sie erreichten den kleinen Hof an einem Seitenarm der Wurm. Der Bauer, ein verkrüppelter kleiner Mann mit schwieligen Händen, nahm grinsend die Zügel aus seiner Hand entgegen, und Enno war nicht wohl dabei. Aber er vertraute Romuald, warum auch immer.

Der Bauer umrundete das Tier mehrmals, sperrte

ihm das Maul auf und blickte hinein, und grinste Enno dann unverschämt an. »Ich müßte ein Narr sein, wenn ich nicht sofort Meldung machen würde, daß mir ein solches Tier zum Kauf angeboten worden ist. Von einem Habenichts und einem blinden Bettler!« Er zeigte eine Reihe fauler Zähne. Enno beschlich ein Gefühl der Furcht. Gerade noch hatte er den Triumph empfunden, daß der Bauer bestätigte, um welch edles Tier es sich hier handelte, und nun witterte er Verrat.

Der Alte legte ihm in einer widerlichen Geste der Vertraulichkeit die schwielige Hand auf die Schulter und zischte: »Du tätest gut daran, jetzt einfach die Beine in die Hand zu nehmen und dich davon zu machen. Ich werde dann berichten, das Tier sei mir zugelaufen, und niemand wird erfahren, daß du es warst, der es gestohlen hat.«

Enno wollte gerade entrüstet etwas erwidern, als Romuald sich räusperte, und sich vor dem alten Männlein aufrichtete. »Mir scheint, alter Freund, die Sonne hat dein Hirn ausgedorrt. Du solltest dir sehr wohl überlegen, ob du dich nicht mit ein paar Münzen für dieses Tier bedanken solltest. Immerhin haben wir den beschwerlichen Weg hier hinaus auf uns genommen. Soll das nicht belohnt werden? Du willst uns doch nicht im Ernst vergraulen? Das wäre, so glaube mir, ein fataler Fehler, wirklich, wirklich...«

»Ich soll mir von euch Lumpengesindel drohen lassen?«, zischte der Alte, und nun war es an Romuald, seinen Arm in inniger Geste um die Schulter des Mannes zu legen und ihn zur Seite zu führen.

Der Bettler sprach einige Worte mit dem Alten, die

Enno, so sehr er sich auch anstrengte, nicht verstehen konnte. Er hob seine Stimme nicht, und wie auch immer seine Drohung aussah, er äußerte sie leise und mit einem säuerlichen Lächeln auf seinem bärtigen Gesicht.

Der Alte verstummte schließlich, und entwand sich Romualds Umarmung. Er verschwand in seiner Hütte und kehrte wenige Augenblicke später mit einem klimpernden Bündel zurück, das er Enno vor die Füße warf. Dann packte er unwirsch die Zügel des Pferdes und führte es zum Stall.

Romuald grinste breit, betastete die Münzen und flüsterte: »Zwölf Denare. Gerade soviel wie man für einen Hütehund bezahlt. Das Tier ist mehr als zwanzig Mal soviel wert. Aber nun laß uns abhauen, ehe der alte Widerling es sich anders überlegt und uns doch noch verpfeift.«

»Wie hast du das geschafft?«, fragte Enno und ließ die Münzen durch die Finger gleiten.

Romuald grinste stolz, schob ihn vorwärts und sagte im Tonfall äußerster Zufriedenheit. »Ich habe Freunde, die ihm das Leben ungemein verkürzen würden, wenn er sich weigern sollte zwei netten Burschen wie uns behilflich zu sein. Eigentlich hatte er keine andere Wahl. Und nun vorwärts, Dummkopf, schätze dich glücklich, einen so geschickten Berater an deiner Seite zu wissen, stelle keine Fragen und gib mir zwei von den Münzen als Entgelt für meine Mühen.« Zerknirscht drückte Enno ihm zwei Denare in die Hand.

»Und nun geht es zurück in die Stadt, und wir wollen sehen, ob wir dich in die Kaiserpfalz schmuggeln können, kleiner Strauchdieb.«

Dann traten sie den Rückweg nach Aquis an.

Als sie auf die Stadt zumarschierten und schon in der Ferne das achteckige Dach der Palastkirche erblickten, wurden plötzlich Lärm und Hufgetrappel laut, und wenige Augenblicke später brach eine Schar Reiter aus dem nahen Wald. Ein Dutzend Pferde hielten quer über die Wiese auf den staubigen Weg zu. Die Männer auf ihren Rücken riefen und lachten übermütig. Einer in ihrer Mitte jedoch saß hochaufgerichtet in seinem Sattel, und man konnte ihm ansehen, daß er versuchte, seine Erschöpfung zu verbergen. Sein graues Haar und sein Bart flatterten im Wind. Er war alles in allem eine imposante Erscheinung.

Enno schob Romuald von der Straße, das heißt der blinde Bettler war bereits zur Seite gesprungen und verharrte geduldig an seinem Platz, bis die Meute lärmend vorübergezogen war. Enno beobachtete, wie der Bettler auf die Knie fiel und tat es ihm nach. Staub wurde aufgewirbelt, und Steine emporgeschleudert, als die Tiere vorbeigaloppierten.

»Edelleute«, murmelte Enno.

»Eine Jagdgesellschaft.« Romuald streckte sein Gesicht der Sonne entgegen. »Sie reiten zurück zur Stadt, und gleich wird ihre Beute in Karren hier vorbeitransportiert werden. Wenn wir etwas ausharren, könnten wir mit ein wenig Glück sogar mitfahren.« Also ließen sie sich im Schatten eines Schlehbusches nieder und ruhten sich aus.

»Ein großer Grauhaariger war unter ihnen, mit einem langem Bart.«

»Eine scharfe Nase wie der Schnabel eines Adlers? Breite Schultern und stählerne Brust?«

»Genau so einer.«

Romuald ließ sich nach hinten ins Gras sinken. »Meinen Glückwunsch, kleiner Wirrkopf. Dann hast du soeben niemand anderes als den Kaiser vorbeireiten sehen.«

Enno starrte mit offenem Mund in die Richtung, in der die Jagdgesellschaft am Horizont verschwunden war. Was konnte man diesem blinden Gauner glauben? Der Kaiser? Der Mann, der mit einem einzigen Federstrich auf seiner Urkunde Länder verschenkte, Fürsten und Edelleute befehligte und Todesurteile vollstreckte? Er blieb noch eine Weile wie angewurzelt stehen und starrte vor sich hin. Romuald war bereits vorangegangen und rief: »Er ist weg! Komm zu! Er wird in wenigen Augenblicken schon wieder in seiner behaglichen Pfalz sein, während wir den staubigen Weg entlang schleichen! Der Zephyrus treibt mir den Schweiß aus den Poren. Es wird ein Gewitter geben, wir sollten sehen, daß wir weiterkommen!«

Genau wie Romuald es prophezeit hatte, kamen wenig später drei Karren angerattert, auf denen das Wildbret zur Stadt geschafft wurde, das die Jäger in den Wäldern niedergestreckt hatten. Ein Hirsch und zwei Auerochsen, zahlreiche Karnickel und etliche Vögel. Sie alle lagen schlaff und leblos und mit glasigen Augen auf der hölzernen Ladefläche. Die Zungen hingen ihnen aus den Mäulern. Es roch nach Blut und Urin.

Romuald brachte es in der Tat fertig, einen der

Kutscher dazu zu überreden, sie mitzunehmen, und so kehrten sie einige Zeit später ausgeruht in die Stadt zurück.

Es dunkelte bereits, als Romuald vorschlug, sie könnten noch in einem Gasthaus einkehren, um ihren erfolgreichen Handel zu begießen. Enno war es müde, immer wieder darauf hinzuweisen, daß ihn ein Mordverdacht hierher getrieben hatte, und nicht der Wunsch, sich hier in der Stadt einmal so richtig zu amüsieren. Also ergab er sich in sein Schicksal und folgte Romuald durch eine niedrige Tür in den Lärm einer Spelunke unweit der Kaiserpfalz.

Das Wirtshaus war ein elendes Loch, in dem sich das übelste Gesindel herumtrieb. Es war ein zweigeschossiges Haus, dessen Unterbau aus der Ruine eines alten römischen Gebäudes bestand, über dem sich windschief ein hölzernes Obergeschoß wölbte.

Die Wände waren rußschwarz, die Luft zum Schneiden dick. Als Romuald eintrat, erhob sich ein beifälliges Gemurmel aus Männer- und Frauenkehlen. Die Männer prosteten dem Bettler mit ihren Bechern zu, und die beiden Frauen, die an dem einzigen kleinen Fenster herumlungerten und einen Krug zwischen ihren Mündern hin und herwandern ließen, hefteten ihren Blick mit hochgezogenen Augenbrauen auf Ennos wohlgeformten Körper. Ein dickbäuchiger Alter schlug die Laute, und an seinem jämmerlichen Gejaule war zu erkennen, daß er bereits mehrere Liter Wein gesoffen haben mußte.

Romuald ging zum Wirt, der schnarchend auf einem Schemel an der Wand lehnte und baute sich vor ihm auf. »He, Walafried, alter Panscher, ich erkenne dich am Schnarchen!« Mit großartiger Geste griff er in sein Wams und zog zu Ennos Verwunderung ein Karnickel heraus. Sicherlich hatte es noch vor nicht ganz einer Stunde zwischen seinen Artgenossen auf dem Karren gelegen, der sie in die Stadt gebracht hatte. »Brat uns das, Kerl, und schenk uns einen Roten aus.« Der Wirt war aus seinem Nickerchen hochgeschreckt und hatte verblüfft das tote Tier aufgeschnappt, das Romuald ihm auf den Schoß warf. »Den Teufel werd ich tun, du Ratte!«, fluchte er. »Daß du dich überhaupt noch hierher traust! Du schuldest mir...« Romuald schnitt ihm mit einer Handbewegung das Wort ab. »Mein Freund bezahlt mit barer Münze!« Und Enno, der erst gar keine Zeit fand, sich überrumpelt vorzukommen, zeigte auf Romualds Geheiß sein Geld, woraufhin der Wirt sich brummelnd daran machte, mit dem Karnickel in einem Nebenraum zu verschwinden.

»Wenn du jetzt glaubst, du könntest dir auf meine Kosten den Wanst vollschlagen, so liegst du falsch!«, zischte Enno verärgert und folgte Romuald zu einem leeren Tisch. Die beiden Frauen hatten sich den roten Wein von ihren zahnlosen Mündern gewischt und folgten dem jungen Gast nunmehr mit gesteigertem Interesse.

»Du wirst sehen, daß dich diese geselligen Stunden deinem hohen Ziel näher bringen werden. Wart's nur ab, junger Tölpel, mit etwas Glück liegt in dieser Kaschemme der Schlüssel zu einem Türchen in der Pfalz«, flüsterte Romuald selbstzufrieden zurück. Dann streckte er die Nase in die Luft und sagte laut: »Es stinkt nach billigen Huren! Verzieht euch, ihr Weiber, und laßt in Dreiteufelsnamen meinen keuschen Freund unberührt!« Die Frauen, die gerade begonnen hatten, mit ein paar Handgriffen ihre üppigen Brüste besser zur Geltung zu bringen, zogen fluchend ab.

»Sag mir, ob du einen siehst, der nicht hierher paßt!« Romuald beugte sich mit verschwörerischer Miene über den Tisch zu Enno hinüber und kratzte sich am Bauch.

»Einen, der nicht hierher paßt?« Enno verstand nicht. »Wie meinst du das?«

»Ein kleines Wunder wär's, wenn ausgerechnet heut der Tag wäre, an dem... Halt Ausschau nach einem, der nicht hierher paßt. Vielleicht hast du Glück. Du bist der, der seine Augen gebrauchen muß. Ich bin froh, daß mir diese elenden Fratzen erspart bleiben. Sieh sie dir der Reihe nach an und sag mir, ob du einen unter ihnen siehst, der anders aussieht als die anderen.«

Enno ließ seinen Blick durch die Runde schweifen. Gut zwei Dutzend Menschen waren im Raum verteilt, saßen auf Hockern, auf dem Boden, an die Wand gelehnt. Silhouetten schälten sich undeutlich aus dem Halbdunkel der Zimmerecken. Hier hatte sich der Abschaum der Stadt versammelt, daran bestand kein Zweifel. Er selbst war ein Bauernsohn und wahrlich nicht das edelste unter den Geschöpfen Gottes, aber was er hier erblickte, jagte ihm einen Schauder über den Rücken.

Zerlumpte Gestalten klammerten sich an ihre Becher, verstümmelte Hände klatschten vergnügt auf magere Knie. Zahnloses Lachen, zottelige Bärte, Zoten wurden erzählt, Flüche gebrüllt, Becher schepperten, Rülpsen, Furzen... die Geräuschkulisse konnte in einem Schweinestall nicht gräßlicher sein.

»Ich weiß nicht, was du meinst«, seufzte Enno. »Hör zu, wenn dies nur ein Vorwand gewesen sein soll, mich in dieses Loch zu schleppen, damit ich deine Zeche zahle...« Als der Wirt den Lumpen zur Seite schob, der die Tür zum Nebenraum verhängte, hielt er einen Krug und zwei Becher in den Händen, und auf sein grimmiges »Kein Tropfen geht über eure Lippen, wenn ich nicht vorher Geld sehe«, reichte ihm Enno mürrisch eine Münze. »Euer Karnickel sollt ihr haben«, brummte der Wirt und spuckte in eine Ecke. Dann verschwand er wieder nach Nebenan.

Romuald verfiel in tiefes Schweigen. Voller Andacht nahm er den Becher, den der Wirt mit Wein gefüllt hatte, an die Lippen und trank ihn in einem Zug aus. Dann rülpste er vernehmlich und lächelte beseelt.

Auch Enno trank, und während der nächsten Stunde sank sein Mut, daß sich an diesem Abend noch irgend etwas ereignen könne, was ihm von Nutzen wäre. Er ließ den Blick schweifen und gab sich dem schweren roten Wein hin.

Als er bereits vor sich hindämmerte, nachdem der Wirt zum dritten Male Wein gebracht hatte und schon der Duft von Gebratenem in die Gaststube drang, öffnete sich die niedrige Eingangstür, und ein neuer Gast trat ein. Sein Äußeres unterschied sich auf den ersten Blick durch nichts von dem der anderen Elenden. Seine Kleidung war löchrig und strotzte nur so vor Kot und Dreck, die Mütze hatte er tief ins Gesicht geschoben, doch Enno fielen sofort seine Hände auf. Sie waren schmutzig, doch hatten sie feine Glieder, zart und hellhäutig. Nicht die Hände eines Mannes, der sein Essen aus dem Dreck wühlt. Und als das Feuer einer Fackel seinen Schein auf das Gesicht warf, erkannte Enno, daß es gepflegt und glattrasiert war, daß nur ein paar ungelenk hineingeschmierte Dreckschlieren darüber hinweg täuschen sollten, daß dieser junge Mann keiner war, der sich für gewöhnlich zwischen dem Abschaum von Aquis herumtrieb.

Als die beiden Frauen seiner ansichtig wurden, begannen sie freudig erregt zu kichern und stießen sich gegenseitig mit den Ellbogen in die Rippen.

»Da ist einer gekommen, der ist anders... Frag mich nicht wie, aber er ist anders als der Rest.« Enno ließ den Neuankömmling nicht aus den Augen. Romuald grinste zufrieden. »Ein weicher Lümmel, ausstaffiert als Lumpensohn?«

»Genau!«

»Spricht er mit den Huren?«

»Nicht direkt. Er dreht ihnen den Rücken zu und murmelt etwas aus dem Mundwinkel. Die eine drückt sich an ihn. Das scheint der anderen nicht gerade recht zu sein.«

»Dann hat er seine Wahl getroffen. Die Blonde oder die Rothaarige?«

»Rot. Soweit man das bestimmen kann. Sie gehen nach Nebenan.«

»Ich weiß.«

Ebenso wie Romuald, der versonnen mit den Fingern auf dem Rand seines Bechers herumtänzelte, schien auch sonst keiner der Anwesenden Notiz von dem Neuankömmling zu nehmen. Der zerlumpte Vorhang fiel wieder vors Loch, und es war so, als sei der Fremde nie erschienen.

»Wir lassen ihm ein paar Minuten. Laß uns gnädig sein.«

Enno verstand nicht, aber Romuald legte nur den Finger an die Lippen und schenkte erneut seinen Becher voll. Erstaunlich sicher, erstaunlich geschickt für einen Mann ohne Augenlicht.

Als eine weitere Viertelstunde vergangen war, in der Enno ihm nichts hatte entlocken können, erhob sich Romuald schließlich, bedeutete Enno, ihm zu folgen und sagte laut und vernehmlich: »Wir wollen sehen, wie es unserem Häslein ergangen ist!« Dann ging er auf den Durchgang zu und verschwand, dicht gefolgt von Enno hinter dem Vorhang. »Sicherlich hat man ihm schon das Fell über die Ohren gezogen, und es windet sich im eigenen Saft.«

»Da ist es«, sagte Enno und wies auf eine Feuerstelle, über der das Kaninchen vor sich hinschmorte. Vom Wirt war nichts zu sehen. Eine Tür zum Hof stand offen, und man hörte leises Scheppern in der Ferne. Regentropfen fielen auf den Lehmboden hinter dem Haus.

»Ich meine das andere Langohr«, sagte Romuald und tastete sich zu den Stiegen vorwärts, die an der verrußten Wand entlang in das obere Stockwerk führten. Er legte verschwörerisch den Finger an die Lippen und begann hinauf zu schleichen. Enno war des Fragens müde und folgte ihm seufzend.

Oben umfing sie Finsternis, und von irgendwo her war ein leises Gestöhn und Geraschel zu hören. Langsam begann Enno zu ahnen, was hier vor sich ging. Mit schlafwandlerischer Sicherheit bewegte sich Romuald durch das muffige Dunkel vor ihnen, und Enno dachte in diesem Moment daran, daß er in seinem Leben schon häufig hier oben gewesen sein mußte.

Schließlich stieß er ohne lange zu zaudern eine Tür auf, und matter Kerzenschein drang in den Flur hinaus.

Ein spitzer Schrei ertönte, der jedoch nicht von der Hure kam, wie man hätte vermuten können. Die versuchte nur in aller Hast ihre üppigen Formen mit einem Laken zu bedecken und schrie tief und kehlig: »Romuald, du vermaledeiter Saukopf, mach daß du rauskommst!« Der nackte Mann, der sich ihren Armen entwunden hatte, versuchte unbeholfen, sein Gesicht zu verbergen.

»Oho, sollte ich mich tatsächlich in der Kammer geirrt haben?«, fragte Romuald in gespieltem Entsetzen. »Ein Fehler, den ich nachher unten im Schankraum bei deinem stürmischen Liebhaber mit einem Krug Wein wieder gutmachen will. Sag ihm das, Helmintrud, du edelste unter den verlausten Huren Aquis´. Sonst muß ich den frommen Mann womöglich noch an seiner Arbeitsstelle aufsuchen, um ihn um Verzeihung zu bitten!« Rasch schloß er die Holztür. Sie hörten, wie etwas Irdenes von Innen dagegengeschleudert wurde und klirrend zerbarst.

»Rasch hinunter«, kicherte Romuald. »»Helmintrud kann eine Furie sein, wenn sie richtig in Schwung kommt.« Das klang beinahe verzückt, wie Enno fand.

»Ein Mönch aus dem Kloster. Kein Mensch glaubt daran, daß die Brüder dort in der Keuschheit leben, die Gott ihnen auferlegt. Sie treiben Dinge, die kein Mensch je erfahren wird, und das mag gut so sein. Dieser aber hier ist ein junger Mönch mit Namen Alaradus. Kein Novize mehr, und doch noch jung und voller Säfte und Kräfte, wenn du verstehst, was ich meine. Er schleicht sich einmal in der Woche aus der Pfalz, um den Huren der Stadt einen Besuch abzustatten. Seine Kostümierung ist lächerlich, aber er glaubt, daß ihn niemand erkennt!« Romuald lachte. »Wir werden sehen, ob er uns nicht helfen kann. Am Ende weiß er einen Rat, wie man ungesehen in die Pfalz kommen kann. Wenn nicht er, wer sonst?«

Es dauerte nicht lange, bevor der junge Mann wieder in der immer noch dicht bevölkerten Gaststube auftauchte, sich nervös umsah und schließlich ihren Tisch ansteuerte. Lächelnd goß Romuald ihm einen Becher voll Wein, als er sich bei ihnen niederließ.

»Was willst du?«, fragte er hastig und zischend.

»Um Verzeihung bitten. Es erfüllt mich mit Gram, dich bei wichtigen Geschäften unterbrochen zu haben. Erfreulicherweise bin ich des Augenlichts beraubt, so daß ich nicht sehen konnte, wie es so stand. Und das junge Bürschlein an meiner Seite kommt vom Dorf. Er hat all das schon früh genug mit Schweinen und Enten beobachten dürfen, so daß es ihm nicht die Röte ins Gesicht trieb.«

»Ich nehme deine Entschuldigung also an. Und was noch?«

»Der junge Bursche hat einen großen Traum. Er

kommt vom Land und will in die Pfalz.«

»In die Pfalz?« Der junge Mönch starrte Enno mit geweiteten Augen an. »Und warum in Gottes Namen wollt Ihr in die...«

Romuald winkte ab. »Das, mein Herr, tut nichts zur Sache. Er ist ein findiges Bürschlein. Sorgt ihn nur hinein, und er wird sich schon zurechtfinden.«

Mit einem einzigen Zug leerte der Mönch den Becher und rieb sich entkräftet die Augen. »Ein Dieb? Ein Mörder? Und ich soll ihn...«

»Seht ihn an. Soll dieser Hänfling jemandem etwas zuleide tun?« Enno wollte protestieren, aber Romuald fuhr fort. »Ich verbürge mich für den kleinen Frosch. Genauso wie ich mich für Euch verbürgen werde, Alaradus. Ich werde jeden heiligen Eid schwören, daß ich Euch niemals in diesem Hause sah! Und der Himmel wird mich nicht einmal dafür bestrafen.«

Helmintrud trat ein und warf ihnen finstere Blicke zu. Sie steuerte ihre Freundin an und schilderte ihr augenscheinlich das Geschehene.

»Es ist nicht so schwer, in die Pfalz zu kommen, wie es scheint«, sagte Alaradus zögernd. »Jetzt, wo der Herrscher wieder im Palast weilt, ist es ein ständiges Kommen und Gehen. Am heutigen Nachmittag ist Bischof Medoin von Autun mit seinem Gefolge angereist, und am morgigen Abend wird es ein Fest geben, das Karl zu Ehren irgendeiner Truppe ungläubiger Landstreicher aus dem Morgenland veranstaltet. Karl liebt solche Reisenden aus fremden Ländern so sehr, daß es manchmal eine rechte Last ist mit all den Empfängen und Festen, die er für dieses Gesindel veranstaltet. Es stört uns arg in unserer klösterlichen Ruhe.«

»Ihr dauert mich«, murmelte Romuald gequält. »Müßt hier nach frommen Schwestern Ausschau halten, die in der Finsternis der Kammer mit Euch ins Gebet versinken.«

Der Mönch wollte schon wieder beleidigt aufspringen, aber Enno faßte ihn am Arm. »Die Pfalz. Wie kann ich hineinkommen?«

Alaradus seufzte und fuhr mit den Fingern die Kerben in der hölzernen Tischplatte entlang. Man sah ihm an, wie er mit sich rang. Schließlich blickte er sich vorsichtig um und senkte seine Stimme: »Wir haben einen Abt in unserer Mitte. Fridugis ist sein Name. Er ist alt an Jahren, und die Gicht plagt ihn arg. Es bereitet ihm Schmerzen, an den Gebeten teilzunehmen, und wir alle haben große Achtung davor, mit welcher Tatkraft er seinen schmerzgeplagten Körper von seiner Zelle in die Kapelle bewegt, um in unserer Mitte zu beten. Ihr würdet einem solch frommen Mann doch nicht das ein oder andere Vergnügen versagen, oder?«

Romuald schmunzelte, weil er bereits ahnte, woher der Hase lief. Enno blickte an dieser Stelle der Erzählung noch recht unverständig drein.

»Fridugis schätzte von jeher das Gespräch mit jungen... nun, er hat um sich herum gerne junge...« Alaradus blickte hilflos auf. »Versteht ihr? Er schätzt einen jungen Knabenkörper dann und wann. Und weil er doch selbst aus seiner Zelle kaum noch herauskann, empfängt er übers Jahr den ein oder anderen Besuch.« Er tat einen tiefen Schluck aus dem Becher, den

Romuald ihm hinüber geschoben hatte. »Die Knaben können einen seitlichen Eingang in den Keller benutzen, der am südlichen Ende der Pfalz liegt, geradewegs gegenüber vom Bischofspalast. Der Kellereingang ist unscheinbar und fast zugewuchert mit allerlei Gestrüpp. Es gibt dort an der Südseite keine Wachen. Wenn man durch ihn in den Lateran hineingelangt, führt einen eine Treppe geradewegs hinauf zum Säulengang um das Atrium. Weiter hinauf geht es zur Hofschule und zu unseren Unterkünften.«

»Aber die Tür wird verschlossen sein«, sagte Enno ungläubig.

»Ein Schlüssel«, sagte Alaradus matt. Enno konnte sich des Eindrucks nicht erwehren, daß er sich für seinen alten Abt schämte, obwohl er selber oft genug der Hurerei frönte. »Eine der Steinstufen, die in den Keller hinabführen ist lose. Unter ihr befindet sich ein Schlüssel zu der Kellertür. Zumindest lag er immer da. Ihr müßt wissen, daß Fridugis mittlerweile fast auch schon zu schwach ist, um sich seinem Besuch mit der nötigen Sorgfalt zu widmen, wenn ihr versteht, was ich meine.« Er hob vielsagend die Augenbrauen.

»Ihr meint, jeder kann mit einem Schlüssel in den Palast hinein, ganz wie es ihm beliebt?«

»Wer sollte hinein wollen? Wer würde es je wagen? So, junger Freund, nun wißt Ihr, was Ihr zu tun habt. Aber eines laßt Euch sagen: Solltet Ihr... oder sollte überhaupt jemand an diesem Tisch«, sein Blick wanderte zu Romuald, »zu irgendwem ein Wort darüber verlieren, daß ich Euch dies verriet, dann werdet Ihr in der Hölle schmoren!« Er spuckte diese Worte mit dem

Unterton äußerster Verzweiflung aus. Es hatte sich bereits herumgesprochen, daß Karl, nachdem er als Kaiser von seiner Romreise zurückgekehrt war, der Unzucht und der Hurerei den Kampf angesagt hatte.

»Eine Frage wird erlaubt sein«, setzte Alaradus hinterher. »Gibt es jemanden im speziellen, den Ihr dort aufsuchen wollt? Jemand, der Euch helfen könnte? Kennt Ihr einen vom Hofe persönlich? Oder gar jemanden aus unserer Bruderschaft?«

Enno zögerte. »Nun, nicht direkt... Nein, kennen wäre zuviel gesagt, aber der Abt Alkuin von York, der würde mir schon helfen.«

Der Mönch stutzte. »So, würde er das?« Es klang ungläubig.

Auch Romuald setzte verblüfft den Becher ab und brummte: »Hmmm, mein kleiner Wirrkopf, dann hast du aber ein mächtiges Problem.«

»Wieso?«

»Du hättest es ruhig früher erwähnen können. Wir hätten dein Geld gespart. Und dieser fromme junge Mann hätte ungestört die verlorene Seele dieser ungewaschenen Metze bekehren können.«

Enno blickte verstört von einem zum anderen. »Wovon sprecht ihr? Was hat es mit Abt Alkuin auf sich?«

Romuald rülpste und ergriff das Wort. »Der alte Abt Alkuin hatte früher ein stattliches Haus unweit des Hospitaliums. Er war ein guter Mensch. Großzügig und freundlich. Wenn ich davon wie von etwas längst vergangenem spreche, liegt es daran, daß es leider Vergangenes ist, kleiner Narr. Er lebt seit vielen Jahren im Kloster Saint-Martin im fernen Tours, das ihm Karl übertragen hat.«

»Seit vier Jahren schon. Das weiß jedes Kind in Aquis«, bestätigte Alaradus und unterdrückte seine Wut. »Wenn ihr demnächst Späße mit mir treiben wollt, so sprecht im Palast vor!« Damit sprang er auf und ging, ohne noch jemanden in der Taverne eines Blickes zu würdigen, durch die Tür. Ein greller Blitz warf weißes Licht von außen herein, als er verschwand.«

»Hier ist euer Karnickel«, sagte der Wirt schläfrig und setzte scheppernd eine Schüssel mit ihrem köstlich duftenden Inhalt zwischen ihnen auf den Tisch.

Sofort scharten sich ein paar Männer um sie, denen der Duft des knusprig gebratenen Fleisches das Wasser in den zahnlosen Mündern zusammenlaufen ließ.

»Wenn auch nur einer von euch seine verkrüppelten Finger an den köstlichen nackten Leib dieses Tierchens legt, wird er der nächste sein, der auf dem Rost schmort!«, rief Romuald heiter. »Wer artig ist und mir was vorsingt, der darf am Ende die Knochen abzehren! Los, mein kleiner, lang zu und gräme dich nicht!«

Aber Enno war mit einem Schlag der Appetit vergangen. Alkuin lebte nicht mehr in Aquis Granum. Der Mann, den Frodulf ihm als verständigen, hilfreichen Geistlichen geschildert hatte, war weit fort im Westen und konnte ihm nicht helfen. Was sollte er noch hier? Wer konnte ihm jetzt noch helfen, seine Unschuld zu beweisen? Sein Weg war abgeschnitten, und ihm blieb nur noch die Flucht in eine ungewisse Zukunft. Es konnte nicht lange dauern, bis die Nachricht von der Ermordung des kaiserlichen Boten auch hier in der

Stadt anlangte, und dann war er wahrscheinlich hier weniger sicher als an jedem anderen Flecken auf der Welt.

Wie betäubt betrachtete er Romuald, der Zähne in das gebratene Fleisch grub, von dem das Fett herabtroff, und die ausgemergelten Gesichter der anderen Bettler und Heimatlosen um sie herum. War das sein Schicksal? Würde er den Rest seines Lebens auf der Flucht sein? Auf der Flucht vor einer Strafe, die ihm nicht gebührte?

»Los, komm schon, kleiner Wicht, greif zu, bevor die Stinker dir deinen Anteil vor der Nase wegschnappen!« Romuald mampfte und war sichtlich zufrieden. »Bürschlein?«, fragte er und spülte Wein nach. »Enno?«

Aber sein Rufen ging im allgemeinen Gemurmel unter. Sein Begleiter war nicht mehr an seinem Platz. Sein Hocker war leer.

Zehntes Kapitel

Betäubender Duft erfüllte die Luft. Kleine Körner aus Harz zerschmolzen in einem Messingtiegel, um den die Flammen eines kleinen Feuers zuckten. Weißliche Rauchschlieren stiegen auf und verloren sich in der nächtlichen Schwärze des Zeltes.

»Eine harmlose List ist es, nichts weiter. Der Kaiser ist ein störrischer Mann. Er leidet schwer an seinen Gelenkschmerzen, und lehnt doch jede Medizin ab«, erklärte Theodo mit einem Lächeln und rieb sich die Knie. Im Schneidersitz saß er Selim Bei, dem Familienoberhaupt der Händler in dessen Zelt gegenüber. Der Regen prasselte auf das Zeltdach, und der Lichtschein des kleinen Feuers ließ sein Gesicht diabolisch aufglühen.

Die Gesichtszüge des Fremden versteinerten sich. Mit spitzen Fingern nahm er das Beutelchen von dem buntbestickten Teppich auf, öffnete die Verschnürung und schnupperte daran. »Der Geruch ist mir wohlbekannt. Minze und Salbei, Fenchel und Kümmel... Gewöhnliche Kräuter. Pflanzen, die in jedem Garten eures Landes gedeihen. Aber wer sagt mir, daß nicht noch etwas anderes darin ist, Herr?«

Theodo lachte. »Würden wir unserem Herrscher etwas Böses antun wollen? Ist es nicht unser Wunsch, daß es ihm rasch besser geht? Aus Euren Händen wird er einen Sud, gebrüht aus diesem Kraut, entgegennehmen und bis auf den letzten Tropfen austrinken. Dessen bin ich gewiß. Ihr werdet ihn mit Erzählungen aus dem Land des großen Harun al Rashid verwöhnen, Ihr werdet ihm berichten, wo sich der Elefant aufhält, Ihr werdet ihm Geschenke machen, und Ihr werdet ihm einen Trank gegen seine tückischen Schmerzen kredenzen. Wir sind auf Eure Hilfe angewiesen, teurer Freund.«

Der Orientale erhob sich. »Ich bin lange genug durch Euer Land gereist, um Eure Sprache zu verstehen, aber ich kann nicht in Euren Kopf sehen. Ihr Männer aus dem Abendland sagt immer, daß die Menschen des Orients verschlossen sind, und daß das, was wir denken und was wir tun nur selten übereinstimmen. Auch für uns wäre es bare Münze wert, Eure Gedanken zu erraten.« Er hielt Theodo eine Schale mit kandierten Feigen hin. »Ich bin freundlich zu Euch, weil Ihr mein Gast seid in dieser stürmischen Nacht. Aber ich kann Eurem Ansinnen keinen Glauben schenken. Freunde Eures Herrschers würden nicht derart listig und durchtrieben handeln, wenn es um das Wohl des Kaisers geht. Versteht bitte, daß ich Euch nicht helfen kann, und daß wir der großherzigen Gastfreundschaft Eures Herrschers nicht mit einer List entgegentreten wollen. Deshalb verlaßt bitte nun mein Zelt und laßt unsere Freude auf den morgigen Abend ungetrübt.« Er breitete die Arme aus, wie um zu zeigen, daß keine Feindseligkeit von ihm ausging.

Theodo seufzte, jedoch kehrte schon einen Augenblick später sein unergründliches Lächeln auf seinem scharfgeschnittenen Gesicht wieder. Er erhob sich auch und breitete nun ebenfalls die Arme aus, wie um den Fremden nachzuäffen und zu verhöhnen. Seine Stimme hatte an Schärfe zugenommen, als er sagte: »Nun gut, wenn Ihr es schon nicht mir zum Gefallen und zum

Wohle des Kaisers tun wollt, so tut es wenigstens, weil...« Er hielt einen Moment inne und sagte dann, nachdem jede falsche Freundlichkeit von ihm abgefallen war und seine Augenbrauen bedrohlich ernst nach unten gerichtet waren: »Weil ich es so will.«

Gerade wollte der Orientale zum Zelteingang springen, um die anderen Männer des Lagers zu rufen, als Theodo ihm in den Weg trat.

»Du solltest dir von nun an jeden Schritt überlegen, Muselmann. Während wir beide hier wie alte Freunde an deinem Lagerfeuer sitzen, ist deine Tochter Esma, geknebelt und auf den Rücken eines Pferdes gebunden, längst auf dem Weg in eine ungewisse Zukunft. Allein an dir liegt es nun, zu entscheiden, ob sie unversehrt wieder mit dir ins Morgenland zurückkehrt oder nicht!«

Das Gesicht des Händlers weitete sich vor Schreck. In stummem Entsetzen hatte er den Mund weit offenstehen, und seine Hände griffen ins Leere. »Nicht Esma, flüsterte er. Nicht meine geliebte Tochter!«

Dann rannte er aus dem Zelt in den peitschenden Regen hinaus. Orientalische Rufe wurden laut, Stimmen wirbelten durcheinander. Ein markerschütternder Schrei gellte durch die Nacht, als der Händler das Zelt seiner Tochter betrat.

Theodo wartete geduldig und ließ den Blick nicht von dem kleinen Beutel, der auf einem reichverzierten Kissen an der Stelle ruhte, an der ihm noch vor wenigen Augenblicken der Orientale gegenüber gesessen hatte. Ein paar unbedeutende Heilkräuter mit kräftigem Geschmack, und darunter die zerstoßenen Kerne, die ihr todbringendes Gift verströmen würden, wenn Karl den Sud erst getrunken hatte.

Es dauerte nicht lange, bis die Orientalen im Zelteingang erschienen. Allen voran ihr Anführer, der in den wenigen Augenblicken seiner Abwesenheit um Jahre gealtert zu sein schien.

Atemlos trat er auf Theodo zu. Unter der dunklen Haut seines Halses pochte das Blut in den Adern. Die anderen Männer traten ebenfalls näher. Ihre finsteren Gesichter waren Masken der Wut. Die Hände hatten sie um die Knäufe ihrer Messer und um Knüppel geschlossen, bereit, zuzuschlagen.

»Nun gut«, sagte der Händler leise. »Du hast das Kostbarste in deiner Gewalt, was ich besitze. Was muß ich tun?«

*

Als Enno in die Nacht hinaustrat, rollte blechern ein mächtiger Donner über die Dächer der Stadt hinweg. Der Wind pfiff um die Häuserecken und trieb prasselnden Regen durch die schlammigen Straßen der Stadt. Seine Eltern hatten sich noch vor einer solchen Aura levatitia gefürchtet. Ein Unwetter, das ein ferner Wettermacher mit seinen Zauberkräften übers Land schickte. In Nächten wie dieser mußte Enno an seine Eltern denken, denen der Blitzschlag das Haus über den Köpfen entzündet hatte. Er war noch sehr klein gewesen, und alles, an das er sich erinnern konnte, waren schreckverzerrte Gesichter, Ruß und Tränen. Dies war das letzte Mal, daß er seinen Vater und seine Mutter gesehen hatte.

Der heidnische Glaube an Zauberei und Hexenkunst war längst verboten, dem eroberten Volk der Sachsen im Norden hatte man verboten, heilige Quellen, Bäume oder Haine anzubeten. Aber es gab Dinge des täglichen Lebens, die nie auszurotten sein würden: Man beobachtete immer noch deutend den Flug der Krähen oder das Verhalten der mäusefressenden Tiere, man pflegte Hochzeiten auf den Freitag, den Tag der Venus zu legen, und man legte den Toten immer noch ein Geldstück in den Mund, wenngleich auch niemand mehr von Charon, dem Fährmann des Totenreichs, sprach.

Und für Enno war da immer noch irgendwo der Wetterzauberer, der in seiner Phantasie hoch über den Wolken saß und mit wilden Gesten Wolken durch die Luft stob und Blitze entfachte.

Er stolperte von einem Haus zum anderen und versuchte unter Vordächern und in Hauseingängen Schutz zu finden, obwohl er doch schon längst durchnäßt war.

Ihm war der letzte Funke Hoffnung geraubt worden. Er war am Ende seines Weges angelangt und war rat- und mutlos. Wohin lief er? Am liebsten hätte er sich in die Höhle des alten Frodulf zurückgewünscht. Was lief da seine Wangen herunter? War es der Regen oder waren es Tränen der Enttäuschung?

Würde die Nässe dem Pergament in seinem Wams etwas anhaben können? Aber die Schriftstücke hatten ohnehin jegliche Bedeutung für ihn verloren. Er griff unter seine Kleidung, und ertastete die knisternden Schriftstücke. Gerade wollte er sie herausreißen, um sie mit einem Schrei der Wut in der Luft zu zerfetzen, als ein weiterer Blitz die Häuserzeile auf der anderen Seite der Straße mit weißem Licht übergoß.

Da entdeckte er etwas, das einen Augenblick später schon wieder die Dunkelheit schluckte.

Enno sah sich nach allen Seiten um, aber in dieser Nacht war er der einzige, der sich im Freien herumtrieb. Mit raschen Schritten sprang er über die Pfützen auf der Straße und tauchte in das Dunkel der gegenüberliegenden Straßenseite hinein. Hier lag ein freies Stück Land, auf dem sich die Ruinen eines alten römischen Hofes blaß und matt gegen den Nachthimmel abzeichneten.

Enno stolperte durch die Finsternis auf das zu, was er von der anderen Straßenseite nur schemenhaft hatte erkennen können.

Ein erneuter Blitz ließ die Ruinen grell aufleuchten.

Hinter einer Anhäufung von Mauerbrocken ragte zwischen dürrem Gestrüpp eine starre Hand in die Luft!

Ennos Herz schlug wild in seiner Brust, als er sich bedächtig näherte. Er umrundete den Steinhaufen und entdeckte schließlich den Körper eines Mannes, der mit gekrümmten Gliedern inmitten der Ruine im wuchernden Gestrüpp lag.

Als Enno sich zu ihm niederbückte, erkannte er, daß er die Augen weit aufgerissen hatte. Quer über seine Kehle zog sich ein gräßlicher Striemen, der selbst im Dunkel rot leuchtete. Der Regen wusch das Blut aus der Wunde und hatte den ganzen Hals des Toten damit benetzt. Das dunkle Haar lag in nassen Strähnen über sein Gesicht gefächert.

Enno hielt angespannt mit dem Atmen inne, als er sich zu dem Körper hinunterbeugte. Er zwang sich, die starre Hand des Mannes zu berühren und tastete nach der Stelle, an der man am leichtesten das Blut spüren konnte, das unter der Haut durch die Adern strömte. Im Körper des Mannes zu seinen Füßen rührte sich nichts mehr. Er war tot wie ein Stein. Aber die Haut unter Ennos Griff fühlte sich noch warm an. Kein Blut floß mehr durch diese Adern, aber es konnte noch nicht lange her sein, daß dieser Mann sein Leben ausgehaucht hatte. Mit einem Mal spürte Enno seinen eigenen Herzschlag, als ihm bewußt wurde, daß ihm erst vor wenigen Augenblicken die Kehle durchgeschnitten worden war. War sein Mörder noch in der Nähe? Betrachtete er vielleicht aus sicherer Entfernung die Szenerie und wartete darauf, nun auch Enno das Lebenslicht auszublasen? Panisch schickte er Blicke in die Dunkelheit ringsumher. Stand dort jemand im Hauseingang? Lehnte dort jemand an der Mauer? Ein neuer Blitz warf bizarre Schatten.

Am Gürtel des Mannes erfühlte Enno eine Geldkatze. Seine Finger fuhren über ihre Oberfläche. Sie war verschnürt und durchnäßt. In ihrem Inneren konnte Enno Münzen ertasten.

Warum war der Mann getötet worden? Sein Geld war noch da? Ein Streit? Ein Mord aus Rache?

Die Tunika des Toten, die mit Seide eingefaßt war, verriet, daß er zum Hofe gehörte. Hier hatte kein Streit unter Gesindel stattgefunden.

Durch das unablässige Pladdern des Regens drang das Geräusch von Pferdehufen an sein Ohr. Es näherte sich aus einer Seitengasse, und wurde von Stimmen begleitet.

Enno richtete sich auf und wollte gerade einen Hilferuf in die Richtung schicken, aus der er die Geräusche vernahm, als er den Satz hörte: »Da vorne in der Ruine liegt er. Gebe Gott, daß ihn noch niemand entdeckt hat!«

Enno blickte panisch um sich und warf sich, einem Impuls folgend, hinter das Bruchstück einer alten Mauer. Als er langsam den Kopf hob, und darüber blickte, erkannte er zwei Männer, die die Kapuze tief in das Gesicht gezogen hatten und ein Pferd am Zügel führten. Sie traten an den Toten heran, und der Tatsache, daß sie keinen Steinwurf weit von ihm entfernt standen, verdankte es Enno, daß er jedes ihrer Worte verstehen konnte, wenngleich sie sie hastig und gepreßt hervorstießen.

»Er muß dich beobachtet haben, als du vorhin hier warst. Kannst du mir sagen, warum er dir hinterher spioniert?« Es war eine dunkle, rauhe Stimme. Der Sprecher war groß und breitschultrig. Er fuchtelte wild mit den Armen herum, während sein Begleiter die Zügel des Rappens festhielt und sich über die Leiche beugte. Er hatte eine rundliche Gestalt und war nicht besonders groß.

»Gütiger Gott... Das ist der junge Liudulf. Einer unserer Stallmeister.«

Enno bemerkte das bewegte Beben der Stimme. Der Mann schien vom Tod des Mannes sehr berührt.

»Er war noch jung. Ein richtiger Hitzkopf. Ich habe ihn sehr gemocht.«

Das Gewitter entfernte sich langsam. Die Abstände zwischen den gleißenden Blitzen und dem nachfolgenden Donnergedröhn wurde länger. Enno erkannte unter der Kapuze des Kleineren graues Haar. Der Mann hatte sich über den Toten gebeugt und strich ihm das Haar aus dem Gesicht.

»Verfolgt hat er dich. Hat hier rumgeschnüffelt, nachdem du wieder weg warst«, raunzte der Große ungerührt. »Hätte ich ihn gewähren lassen sollen? Er hätte womöglich etwas herausgefunden, und dann wäre unser ganzer Plan ins Wanken geraten!«

»Das war dumm von dir, sehr dumm! Wenn man ihn findet, wird es großes Aufsehen erregen. Großes Aufsehen. Liudulf war bei allen beliebt... auch bei mir.«

»Dann darf er eben nicht gefunden werden!«

Wieder erhellte ein Blitz die Nacht. Der Große hatte sich hocherhoben und blickte drohend auf den anderen hinab. Enno konnte sein Gesicht sehen und erschrak. Noch gar nicht lange war es her, da hatte er es schon einmal gesehen. Aus einem Versteck heraus, ähnlich wie diesem.

Jetzt hingen dem Mann dunkle Fransen ins Gesicht, aber die grobschlächtigen Züge hatten sich so sehr in Ennos Gedächtnis geprägt, daß er keine Mühe hatte, ihn wiederzuerkennen. Es war einer der Mörder, die über den Hof seines Onkels hergefallen waren! Enno stockte der Atem. Fast hätte er sich noch vor wenigen Augenblicken hilfesuchend an ihn und seinen Begleiter gewandt. Jetzt aber belauschte er ihr Gespräch unentdeckt und konnte vielleicht etwas darüber erfahren, warum sie in die Stadt gekommen waren und was sie

Finsteres im Schilde führten.

»Dein Bruder hätte das nicht riskiert.« Die Stimme des Grauhaarigen klang matt und kraftlos. Da packte der Große ihn an der Schulter und riß ihn herum. »Mein Bruder ist bei den Muselmännern und instruiert sie für morgen abend. Ich soll hier dafür sorgen, daß dieses dunkelhäutige Weib so versteckt ist, daß ihre Sippe sie nicht findet! Und deshalb mußte ich diesen Kerl am Schnüffeln hindern! Sag mir jetzt also, wo wir ihn verschwinden lassen können. Sollen wir ihn verscharren? Sollen wir ihn in einen See werfen?«

Eine Weile standen die Männer ratlos da und sahen schweigend auf den Toten hinab.

»Zum brolium«, sagte der Grauhaarige schließlich mit brüchiger Stimme. »Ich habe eine Idee. Es ist scheußlich, aber es scheint mir eine passende Gelegenheit zu sein.«

»Zum brolium?«, fragte der Große.

»Liudulfs Aufgabe war es, sich um die Tiere dort zu kümmern. Vielleicht gelingt es uns, das Ganze wie einen Unfall aussehen zu lassen. Los, hilf mir, ihn auf das Pferd zu binden.«

In der Ferne verlor sich der Donner. Sein Grollen mischte sich in Ennos Ohren mit dem lauten Pochen seines eigenen Herzens. Die beiden Männer zerrten den Leichnam des jungen Mannes aus dem Gestrüpp und legten ihn mit vereinten Kräften über den Rücken des Rappens. So sehr Enno auch ausspähte, das Antlitz des zweiten Mannes bekam er nicht zu Gesicht. Die Körpergröße schien ähnlich zu sein, aber er war sich sicher, daß es sich nicht um den anderen Mörder aus

Dalaheim handelte. Der Bruder, von dem der eine von ihnen sprach, war sicherlich derjenige, der seine Tante festgehalten hatte, während der andere unbarmherzig seine Klinge durch ihre Kehle schlug.

Wer oder was war das brolium? Um welche Tiere handelte es sich?

Zu seinem Entsetzen erkannte Enno, daß sie sich mit dem Pferd in Bewegung setzten und geradewegs auf ihn zukamen. Er duckte sich, so gut es ging, in den Schatten der Ruine und schickte ein Stoßgebet zu Gott, daß sie ihn nicht entdecken mögen. Mit gemächlichem Trab kam das Pferd ganz dicht an ihm vorbei, und er hörte die Schritte der Männer, die schweigend das Pferd zu beiden Seiten flankierten.

Die Nacht, der Regen und sein schlichtes, graues Gewand bewahrten ihn davor, daß sie auf ihn aufmerksam wurden.

Als er wieder aufblickte, sah er ihre Schatten in der Dunkelheit verschwinden.

Wild stoben die Gedanken in seinem Kopf durcheinander. Im Palast hatte er niemanden, dem er seine ungeheuerliche Entdeckung mitteilen konnte. Wenn er ihnen folgte, konnte er womöglich noch mehr herausfinden. Er würde aus sicherer Entfernung alles beobachten, ohne einzugreifen. Er war allein, und sein Freund Romuald, der sich unterdessen gewiß fürchterlich besoff, war ihm sicherlich keine Hilfe, wenn es darum ging, den Kampf mit gefährlichen Mordbuben aufzunehmen, deren Zahl sich zu allem Übel auch noch auf drei verstärkt hatte. Aber was konnte er schon ausrichten, wenn sie dem Ziel ihres Planes schon so nahe waren? Sie hatten vom nächsten Abend gesprochen. Die Zeit bis dorthin war knapp.

Er schob all diese Gedanken beiseite und sprang auf die Beine. Er hatte nichts zu verlieren.

Elftes Kapitel

Das Gewitter zog weiter, die Wolken mit ihm. Als der Himmel aufriß, wurde es für Enno leichter, das Gespann vor sich aus sicherer Entfernung im Auge zu behalten.

Schon bald hatten sie die letzten Häuser und Schuppen hinter sich gelassen und strebten dem Wald zu. In der Ferne, im Gesträuch der ersten Bäume, schimmerte blaß die steinerne Fläche einer Mauer im Mondlicht. Sie schien gewaltig zu sein, von Ferne schien sie mannshoch, doch je näher sie kamen, desto deutlicher erkannte Enno, daß sie gut dreimal so hoch war. Ihre Länge war im dichten Strauchwerk nicht zu erkennen.

Die beiden Männer machten schließlich an einem hölzernen zweiflügeligen Tor Halt, und Enno beobachtete, wie der Kleinere begann, in den Kleidungsstücken des Toten herumzukramen.

Stille umfing sie. Vom Laub der Bäume rings umher tröpfelte der Regen, und Enno wagte nicht zu atmen oder sich zu bewegen, aus Angst, ein unbedachtes Geräusch könnte ihn verraten.

Der Mann hatte schließlich etwas zutage befördert, und Enno vermutete, daß es sich um einen Schlüssel handelte, denn wenige Augenblicke später schwang der eine Flügel des Tores auf, und die beiden Männer führten das Pferd mitsamt seiner Last in das Dunkel dahinter.

Das laute Klappern der Pferdehufe gab Enno Gelegenheit, mit weit ausholenden Schritten aus seinem

Versteck hinter den Männern her zu laufen. Er warf sich gegen die Mauer und preßte seinen Rücken ganz fest dagegen. Mühsam versuchte er seinen keuchenden Atem unter Kontrolle zu bekommen.

Als er sich langsam zu der finsteren Maueröffnung vortastete, dachte er fieberhaft darüber nach, wie er dort hineinkommen könnte, ohne daß die beiden ihn entdecken würden.

Die Männer schwiegen. Was immer sie taten, sie verrichteten ihr Werk ohne Worte.

Ein schrilles Quietschen schallte durch die Nacht. Die Scharniere des Tores kreischten, als einer der Männer begann, den Durchgang wieder hinter ihnen zu verschließen.

Enttäuscht reckte Enno den Kopf vor. Was ging hinter dieser Mauer vor sich? Er würde es nie erfahren, denn das Mauerwerk verlief so schnurgerade und massiv durch den Wald, daß es nicht den Eindruck vermittelte als gebe es eine zweite Möglichkeit, hindurch zu gelangen.

Das Tor war fast geschlossen, und im nächsten Moment würde es donnernd ins Schloß fallen.

Der Regen hatte das Laub und das kleine Geäst, das entlang der Mauer den schlammigen Boden bedeckte, rutschig gemacht, und in dem Moment, in dem Enno bemerkte, daß er ins Rutschen geriet, war es auch schon zu spät. Verzweifelt versuchte er, an dem groben Mauerwerk hinter ihm einen Halt zu finden, schlidderte mit den Füßen nach vorne und schlug hart auf dem Boden auf.

Sein Sturz hatte ein solches Geraschel verursacht,

daß sich der Spalt im Tor wieder weitete. Panisch versuchte Enno, wieder auf die Beine zu kommen, um jetzt, da er entdeckt war, wenigstens davonzulaufen, aber seine Hände und Füße rutschten immer wieder auf dem Laub weg, und er bemerkte nur am Rande, wie eine Gestalt vom Tor her auf ihn zugesprungen kam.

»Was suchst du hier, du kleine Ratte?« Es war der Große. Enno spürte seine kraftvolle Hand in seinem Genick und wurde empor gerissen. »Los, dreckiger Bauernlümmel, warum schnüffelst du hier herum?« Das finstere Gesicht des Mannes war ganz dicht vor seinem. Der Mann hatte dunkle Augenbrauen, und auf seinem Kinn war ein schwarzer Bart im Wuchs begriffen. Aus nächster Nähe bestätigte sich Ennos Verdacht. Dies war einer der Mörder!

Sollte er eine Ausrede suchen? Hatte der Zufall ihn an diesen Ort geführt? Nachts allein im Wald, in dem Wölfe umherschlichen? Oder würde es ihm gelingen, ihn zu besänftigen?

Die Gedanken wurden in Ennos Kopf durcheinander gewirbelt, während der Fremde den groben Stoff seines Wamses fest umklammert hielt, und ihn unaufhörlich schüttelte. Unwillkürlich schoß Ennos Hand nach vorne, und schlug mit einer ungelenken Bewegung dem Mann die Kappe vom Kopf. Das künstliche Haar flatterte durch die Nacht, und ein stoppeliger Schädel kam zum Vorschein. Mit einem wütenden Aufschrei holte der Mann aus und versetzte Enno einen Schlag, so daß der Stoff seines Wamses riß und er rücklings gegen die Mauer geschleudert wurde. Sein Hinterkopf schlug hart gegen den Stein. Ein berstendes

Geräusch füllte seinen Kopf, und während er langsam zu Boden glitt, hörte er nur noch undeutlich, wie der zweite Mann hinzu gelaufen kam, bevor sich das Schwarz der Baumwipfel auf ihn herab senkte und ihn einhüllte.

*

»Wann kommt dein Freund zurück?«, fragte der Wirt träge. »Er will doch nicht am Ende die Zeche prellen?«

Romuald versuchte geräuschvoll, mit dem Fingernagel ein Bröckchen Fleisch zwischen seinen Zähnen herauszufischen.

»Mein kleiner Narr ist fort?« Er hatte Enno vor einer ordentlichen Weile aufstehen sehen, und wähnte ihn bei den Huren, die sich am Eingang herumlümmelten.

»Womöglich hat er eben etwas gelernt und ist auf den Geschmack gekommen. Er wird zwei und zwei zusammengezählt haben, und investiert jetzt sein gutes Geld bei den Mädchen. Er wird sich mit Helmintrud vergnügen, oder mit der anderen... oder beiden. Ein junger Bursche, unerfahren, aber voller Saft und Kraft!«

»Oben ist er nicht. Die zwei Metzen sagen, er sei hinausgegangen. Ich warne dich, Romuald! Du bist zum letzten Mal bei mir zu Gast gewesen, wenn er nicht wiederkommt und die Zeche bezahlt!« Die Stimme des Wirtes hatte einen bedrohlichen Klang angenommen, und er hieb auf den Tisch, daß die Bleiteller schepperten. »Raus, du verlauster Hurensohn!«

Dann wurde Romuald von mehreren Händen

gepackt und von seinem Sitz hoch gerissen. Er schlug wild um sich, aber man stieß ihn vorwärts, bis ihm die kühle Nachtluft durch die geöffnete Tür entgegen strömte, und im nächsten Moment spürte er, wie schmerzlich ein Fuß in sein Hinterteil donnerte, und es warf ihn mit Macht nach vorne. Er versuchte unbeholfen den Sturz abzubremsen, aber einen Augenblick später schlug er bereits mit dem Gesicht im Lehm der Straße auf.

Hinter ihm erstarb das Gelächter, als die Tür des Wirtshauses wieder zugeworfen wurde, und während er sich langsam aufrappelte murmelte er: »Immer wieder... immer wieder.«

Wo war nur dieser undankbare kleine Wicht? Wieso hatte er ihn im schönsten Moment alleine gelassen und sich verdrückt?

Romuald seufzte und rieb sich das Gesicht. Es hatte gottlob aufgehört zu regnen.

Wo war dieser kleine Einfaltspinsel nur hin? Wie sollte der ohne ihn zurecht kommen in einer Stadt wie Aquis?

*

Um ihn herum war eine Melodie aus tausend Tropfen. Es roch nach nassem Laub, das den Tag über die Hitze gespeichert hatte, und jetzt unter dem kühlenden Regenguß aufgeatmet hatte. Als er die Augen öffnete, konnte er im schwachen Licht des Mondes das Gefieder der Blätter dicht über ihm erkennen. Wassertropfen hingen an den Blattspitzen, schwollen an, lösten sich schließlich und fielen herab. Sie zerplatzten auf seiner Stirn und durchnäßten seine Kleider. Er fühlte die Nässe, die ihm von unten her über den Körper kroch, und ihn fröstelte.

Etwas klebte ihm im Gesicht, franste ihm in den offenen Mund. Er versuchte, es auszuspucken. Es waren Haare. Als er den linken Arm hob, um sie aus seinem Gesicht zu streifen, durchzuckte ein scharfer Schmerz seine Schulter.

Es waren nasse, lange Haare. Viel länger als seine eigenen. Als Enno den Kopf nach rechts wandte, starrte er geradewegs in die weit aufgerissenen Augen des Toten. Das fahle Gesicht lag keine Handbreit von dem seinen entfernt. Der Mund stand offen, die blutroten Schlieren um die klaffende Wunde hatte der Regen fortgespült.

Am liebsten wäre er mit einem lauten Schrei aufgesprungen, aber er brachte nur ein ersticktes Gurgeln hervor.

Außerdem vernahm er Stimmen.

Hoch über ihm.

Enno erkannte eine Art hölzernen Wehrgang, der sich in etwa zwanzig Fuß Höhe an die steinerne Mauer schmiegte. Er war mit einem Geländer versehen und stand auf massiven Stützpfosten. Soweit er blicken konnte, führte der hölzerne Gang an der Mauer entlang.

Die beiden standen oben und spähten angestrengt hinab.

»Siehst du sie?«, fragte der Große. »Wenn er wach wird, könnte er versuchen zu fliehen.«

»Von hier kann man nicht fliehen. Sie sind zu

schnell. Wenn sie erst einmal Witterung aufgenommen haben, gibt es kein Entrinnen mehr.« Die Stimme des anderen kam aus einer anderen Ecke.

»Wir sollten verschwinden, denkst du nicht auch?«

»Für gewöhnlich kommt niemand zur Nachtstunde hier heraus. Aber man kann nie wissen. Du hast Recht. Ich will es nicht mit ansehen müssen. Ich mochte Liudulf.«

»Weißt du, wer der andere war?« Ihre Stimmen wurden leiser.

»Den habe ich noch nie zuvor gesehen. Ein Bauernbursche. In Aquis gibt es zuviel Gesindel. Er wird uns beobachtet haben. Jetzt kann er niemandem mehr Bericht erstatten.«

Die Schritte auf den hölzernen Bohlen drangen durch die Nacht. Enno hörte, wie sie eine Treppe hinabstiegen. Der Klang ihrer Schritte wurde leiser. Dann ertönte das Quietschen der Scharniere. Das Tor wurde wieder geschlossen.

Dann war Stille.

War dies das brolium?

Jetzt wagte Enno endlich, sich zu bewegen. Rasch wich er vom Körper des Toten zurück und wischte sich mit der flachen Hand durchs Gesicht.

Er rappelte sich mühselig auf. Schmerzen rissen an all seinen Gliedern. Unter seinem Wams knisterte es. Die Pergamente waren noch da. Sie hatten sich nicht die Mühe gemacht, ihn zu durchsuchen.

Eine Spur im Waldboden zeigte, woher man ihn und seinen toten Leidensgefährten geschleift hatte. Sie führte geradewegs zu einem vergitterten kleinen Tor in einer Mauer. Diese Mauer war ein wenig flacher als die, die das gesamte Areal umfaßte.

Als er zu dem Gitter humpelte und hindurchblickte, erkannte er eine Art Innenhof, an dessen anderem Ende ein Eingangstor in die Mauer eingelassen war. Im Schatten der gewaltigen Mauer erkannte er eine Reihe von Schuppen, deren Längsseiten teilweise vergittert waren. Ihn beschlich ein ungutes Gefühl.

Gitter deuteten auf ein Gefängnis hin. Nur, welche Art Gefangene pflegte man hier draußen am Waldrand in solch einem riesigen Areal, wie es sich ihm andeutete, gefangen zu halten, ohne daß Tag und Nacht Wachen auf dem Wehrgang patrouillierten?

Als er den Atem anhielt und in die Stille hineinhorchte, vernahm er von den Käfigen her leise Geräusche.

Er hörte leises Glucksen, wie von Federvieh, das im Schlaf vor sich hin brütet. Und er hörte etwas wie ein leises Winseln. Etwas hündisches. Auch ein leises Grollen, das langsam lauter wurde.

Enno stellten sich die Nackenhaare auf.

Das Grollen wurde deutlicher. Es klang dumpf und gefährlich, wie ein erwachender Dämon, der in die Nacht aufsteigt, um Menschenseelen zu jagen.

Und es kam nicht von den Käfigen...

Es erscholl hinter ihm!

Enno fuhr herum.

Eine riesenhafte Bestie hatte sich über den Toten gebeugt. Enno gefror das Blut in den Adern. Das Tier war schwarz und pelzig. Es hatte einen massigen Körper, und Enno erkannte fürchterlich große Zähne, als es die helle Zunge über den nackten Arm des Toten rieb. Der erste vorsichtige Biß ging nur in das Wams des Toten. Die Zähne gebleckt hob das Monster den Kopf, und das Geräusch des zerreißenden Stoffes ertönte. In wenigen Augenblicken würde es das Geräusch berstender Knochen und reißender Muskeln sein.

Enno zog scharf die Luft ein, und das Monstrum fuhr herum. Und dann glaubte Enno, der Atem müsse ihm still stehen, denn das Tier stellte sich auf die Hinterpfoten und baute sich zu seiner ganzen Größe auf. Die Vorderpranken weit hochgerissen überragte das Tier Enno um ein paar Fuß.

Nie zuvor hatte er einen Bären gesehen, aber dies mußte einer sein. Und zwar einer der besonders großen und blutrünstigen Art.

Enno preßte seinen Rücken gegen das Gitter, daß es ihn schmerzte, und er schrie.

Und das Tier brüllte. Ein ohrenbetäubendes Dröhnen schallte durch den Wald, und Enno hörte, wie in den Käfigen im Innenhof hinter ihm nun ebenfalls Tiere erwachten. Vögel schrien, Flügel schlugen, Tiere heulten, jaulten und knurrten.

Es war ein Lärm, der den beiden Mordbuben, die gewiß schon weiter weg waren sagen würde, daß ihr Plan von Erfolg gekrönt war. Der Bär würde die unbequemen Leichen schon beseitigen.

Vielleicht gab es noch mehr von seiner Sorte. Enno konnte sich nicht ausmalen, warum dieses Tier hier war. In der Ferne erkannte er ein Hirschgeweih, das wenige Augenblicke später wieder verschwunden war.

Der Bär kam näher. Mit riesigen Schritten stapfte er

über den Leichnam hinweg und steuerte geradewegs auf Enno zu, der vor Schreck wie gelähmt war. Er kannte keine List, mit deren Hilfe man einem mordgierigen Bären entwischen konnte. Daheim hatte er nur mit Schweinen gekämpft, und selbst das nur mit mäßigem Erfolg. In seinem Wams führte er eingewickelt in einen Lumpen das Messer mit sich, das Onkel und Tante tötete, aber wenn der Bär erst einmal so nahe war, daß er mit dem Messer nach ihm hätte stechen können, wäre er sowieso schon ein toter Mann.

Er würde sterben, und niemand konnte diesen Mördern noch ins Handwerk pfuschen.

Ennos Hände klammerten sich hinter seinem Rücken um die unnachgiebigen Gitterstäbe. Seine einzige Chance lag darin, Fersengeld zu geben. Schnell war er, daran bestand kein Zweifel. Aber obwohl der Bär träge und schwerfällig erschien, lag doch die Vermutung nahe, daß er sich in seinem Revier bestens auskannte und imstande war, schneller zwischen den Baumstämmen hindurch zu huschen als man glaubte.

Alle Abwägungen waren unnütz, da das mächtige Tier beständig näherkam und bedrohlich die klauenbewährten Tatzen schwang, also nahm Enno all seinen Mut zusammen und rannte los.

Er sprang mitten hinein in die Schwärze des Unterholzes und preschte, so gut es seine Schmerzen eben zuließen, zwischen den Bäumen hindurch. Er betete zu Gott, daß ihm nicht noch weiteres wilde Getier in die Quere kommen würde und rannte und rannte.

Er wußte, daß am Ende seines Laufs doch nur wieder eine unüberwindbare Mauer auf ihn wartete, daß ihn irgendwann die Erschöpfung besiegen und niederstrecken würde, aber das Geräusch des Bären, der hinter ihm mit Gewalt durch das Gestrüpp brach und brüllte, trieb ihn weiter.

Nach einer Weile versuchte er es mit der Taktik der Hasen, die dann und wann einen Haken schlagen, um ihre Verfolger abzuschütteln. Er wandte sich ruckartig nach rechts und hatte, nachdem er dies ein paarmal hintereinander vollführt hatte, plötzlich das Gefühl, daß er den Bären verwirrte und daß er an Vorsprung gewann.

Mit einem Mal stieg Brandgeruch in seine Nase. Nicht kräftig, aber als er einen Moment inne hielt und atemlos nach Luft schnappte, da merkte er, daß es irgendwo gebrannt haben mußte.

Das Geheul des Bären kam näher. Gleich einer Horde Barbaren brach er zwischen den Bäumen durch, und Enno rannte weiter.

Dann war da wieder die Mauer! Sie wuchs so plötzlich vor Enno aus dem Waldboden, daß er einen Augenblick lang überlegen mußte, ob er ihrem Lauf hinauf oder hinab folgen sollte. Er hatte gerade den Weg hinab ins Auge gefaßt, als er entdeckte, woher der immer stärker werdende Brandgeruch kam.

Der Blitz hatte einen Baum gespalten.

Mit gebrochener Krone stand er da, der Sturm hatte den Brand, den der Blitz entfacht haben mußte, sofort gelöscht. Ein paar glimmende Äste lagen im nassen Laub und waren im Begriff zu verlöschen.

Ennos Herz machte einen Sprung vor Freude, als er

bemerkte, daß die eine Hälfte der mächtigen Eichenkrone sich so weit zur Seite geneigt hatte, daß die Äste auf der hölzernen Balustrade des Wehrgangs ruhten.

Es war still geworden, aber gerade als Enno sich daran machen wollte, den Baum zu erklimmen, da ertönte plötzlich wieder das ohrenbetäubende Brüllen des Bären. Enno hatte das Blut so in den Ohren gerauscht, daß er kaum wahrgenommen hatte, wie er wieder nähergekommen war.

Das Monstrum holte aus und hieb mit der Tatze nach Enno. Ein beißender Schmerz grub sich in seinen Rücken, und er wurde zu Boden geschleudert. Die Tatzen stampften dicht neben seinem Kopf auf den Boden.

Enno rollte sich zur Seite und heulte vor Schmerz. Dann bekam er einen Ast zu packen. Als er ihn durch die Luft schwang, glühte seine Spitze rot knisternd auf, und gerade als der Bär sich zu ihm hinunterbeugte, stieß er mit der Glut nach dem Tier.

Es zischte und roch nach versengtem Pelz, als der Bär mit einem schauerlichen Heulen auffuhr und das Maul in einer Mischung aus Wut und Klage weit aufriß.

Enno stieß erneut zu. Der Stock war viel zu klein und das Fell des Tieres viel zu dick, als daß er ihm ernstlich hätte schaden können, aber er hatte ihn schließlich verletzt und ordentlich verwirrt. Der Schmerz schien den Bären noch wilder, aber auch kopfloser zu machen.

Enno nutzte die günstige Gelegenheit. Er sprang auf und stieß erneut nach dem Bären, und im selben Schwung erklomm er das rußschwarze Bruchstück des

Eichbaumes, und behende wie er war, gewann er rasch an Höhe.

Ein Tatzenhieb erwischte ihn beinahe am Bein, und er warf der Bestie das glühende Holz entgegen, so daß sich das Gebrüll noch steigerte.

Von Ast zu Ast greifend, mit sicherem Tritt Halt suchend, erreichte er schließlich mit schwindender Kraft den hölzernen Boden der Galerie und erlaubte sich einen Augenblick lang erschöpft auf dem feuchten Holz liegenzubleiben, während viele Fuß unter ihm das schwarze Monstrum seine Wut in die Nacht hinausbrüllte. Er schnappte nach Luft und blickte zu den Sternen hinauf und dankte Gott für seine Rettung. Das Unwetter hatte für seine Rettung gesorgt. Kein Wetterzauberer. Keine böse Magie.

In diesem Augenblick beschloß er ernstlich, die Sache nun ohne Zögern zu Ende zu führen.

Zwölftes Kapitel

Heda, du Herumtreiber!«, raunzte die Wache vor dem bischöflichen Haus. Sein Ruf schallte durch die Nacht. Irgendwo in der Ferne kläffte ein Hund.

»Meint Ihr mich, edler Herr?«, fragte Romuald und gab sich Mühe, es möglichst unschuldig klingen zu lassen. Er trat aus dem Gestrüpp an der Südseite des Laterans heraus und hob die Hände, wie um zu zeigen, daß er nichts Böses im Schilde führe. Hatte Alaradus nicht gesagt, daß hier keine Wache aufgestellt wäre? Im Grunde genommen hatte er damit natürlich Recht gehabt, da dieser Wächter nicht zum Palast gehörte, sondern vor der Tür des Bischofs seinen Dienst tat.

»Genau dich, du Galgenvogel. Verdreckt und zerlumpt schleichst du an der Palastmauer herum. Zu nachtschlafender Stunde. Kannst du mir einen vernünftigen Grund dafür nennen. Sag mir was du da zu suchen hast!«

»Vergebung, Herr«, sagte Romuald weinerlich. »Die Natur nahm mir das Augenlicht. Nie weiß ich, ob es heller Tag oder schwarze Nacht um mich herum ist.« Er ließ den Kopf herumgehen. »Ich dachte mir gerade noch, daß sehr wenig Volk unterwegs ist für die Mittagsstunde. Nachtschlafende Zeit... soso... das erklärt einiges.«

»Du willst mich wohl auf den Arm nehmen. Was hast du da im Gebüsch gemacht, du Ratte?«

»Ein Drängen derselben Natur, die mir das Augenlicht nahm... ich sehe zwar nie die Gesichter der Leute rings um mich her, wenn ich plötzlich auf dem

Marktplatz stehe und lospisse, aber ich kann sie mir gut vorstellen. Seither suche ich dafür den Schutz der Sträucher auf.«

»Verzieh dich, bevor ich dir ein paar in dein freches Maul gebe!« Der Wächter reckte den Oberkörper und stemmte die muskulösen Arme in die Seite, ohne sich dessen bewußt zu sein, daß sein Anblick einem Blinden wenig imponieren konnte.

»Gott schütze Euch!«, schrie Romuald und entfernte sich.

Als er die erste Hausecke umrundet hatte, fluchte er leise vor sich hin. An der Kellertür hatte er gehofft, den kleinen Bauernlümmel zu finden. Aber die Tür war verschlossen, und der Schlüssel lag, genau wie es der geile Mönch verraten hatte, an seinem Platz unter der losen Stufe.

Wo konnte nur dieser Bengel hin sein?

Verärgert stapfte er durch die Nacht und überlegte, wo er um diese Zeit noch ein halbwegs komfortables Nachtlager finden konnte.

In diesem Augenblick traf ihn ein Steinchen am Hinterkopf. Er dachte zunächst, dies sei der letzte Abschiedsgruß des freundlichen Wächters, und er wollte sich schon wieder lauthals bedanken, aber dann vernahm er ein leises Zischen aus der Richtung, in der er die Häuserfront vermutete.

»Pssst!«

Er wandte sich um und schlenderte unauffällig in die Richtung des Geräuschs. »Bist du das, Musgehirn?«, fragte er leise in die Stille hinein.

»Ich bin's. Komm her. Hier kann er uns nicht

sehen!« Ennos Stimme klang matt und kraftlos, und Romuald beschloß, seine Wut noch ein wenig im Zaum zu halten. Er sagte nur: »Die Zeche mußte ich prellen, weil du mit dem Geld verschwunden bist. Ich hoffe, du hast eine gute Erklärung für diesen feigen Rückzug.«

Als Antwort kam nur ein unterdrücktes Stöhnen.

»Bist du verletzt?«

Enno ergriff seine Hand und legte sie auf seine Wunde im Rücken. »Koste mal, Adlerblick. Ich bin froh, daß ich selbst die Wunde nicht sehen kann. Mein Rücken ist zerfetzt.«

Romuald leckte wahrhaftig an seinen Fingern. »Blut. Was ist geschehen?«

»Ein Bär«, ächzte Enno und wand sich in Schmerzen. »Beinahe hättest du mich nie wieder gesehen... ich meine... wieder getroffen.«

»Welch ein Verlust. Ein Bär, sagst du?«

»Ein riesiges, schwarzes Monster. Ihm ist nur ein toter Mann namens Liudulf geblieben. Er wollte mich als Nachspeise haben. Sie haben uns hinter diese Mauer geworfen. Unten am Wald.«

»Liudulf? Einer der Stallmeister? Welche Mauer? Der einzige Bär, der hier weit und breit zu finden ist, ist gut verwahrt im brolium untergebracht. In des Kaisers Tiergehege. Der Bär ist ein Geschenk eines afrikanischen Königs. Es soll dort auch ein Tier geben, das man einen Löwen nennt.«

»Das kann nicht schrecklicher sein als so ein Bär.«

»Wer hat dir das angetan?«

»Einer der beiden Mörder, die meinen Onkel und meine Tante auf dem Gewissen haben. Der andere

Mann an seiner Seite scheint zum Palast zu gehören.«

»Das kann ich nicht glauben!«

»Dann laß es. Sie sind von Liudulf beobachtet worden, weil sie irgend etwas bei den römischen Ruinen in der Nähe des Gasthofes zu schaffen hatten.«

»Was willst du tun?«

Enno spähte um die Hausecke. Der Wächter stand immer noch unbeweglich vor den Stufen zum Eingang des Bischofspalastes, und es machte nicht den Anschein, als würde er sich so rasch wieder von dort fortbewegen.

»Der Wachmann des Bischofs. Du mußt ihn ablenken. Ich will in die Pfalz.«

»Was willst du dort?«

»Wo soll ich sonst hin? Wenn überhaupt kann ich nur da etwas ausrichten. Kaiserliche Boten werden ermordet, kaiserliche Stallmeister gemeuchelt... etwas geht vor sich, und ich will den Kaiser warnen, bevor Schlimmeres geschieht.«

»Den Kaiser? Du bist wirklich ein grandios blöder Narr!«

»Erspar mir dein Lob, Romuald. Ich weiß, was ich zu tun habe. Er ist ein guter Herrscher. Er wird mich anhören, und wenn er wirklich so weise ist, wie man sich sagt, so wird er erkennen, daß ich zu Unrecht für den Mörder aus Dalaheim gehalten werde!«

Eine Weile war es still. Romuald grübelte und kratzte sich am Bauch. Der Schlamm war getrocknet, und trockener Lehm rieselte zu Boden.

»Du bist nicht nur strohdumm, sondern überdies auch noch ein Sturkopf«, sagte er und setzte ein breites

Grinsen auf. »Das verstehe ich gut. Jetzt paß auf, was ich tue, und dann nutze deine Gelegenheit. Eine kleine Sondervorstellung nur für dich.« Dann wandte er sich um und ging den Weg zurück, den er gekommen war. Er umrundete die Hausecke und marschierte geradewegs auf das Haus des Bischofs zu.

Schon von Ferne erkannte die Wache, wer sich da aus dem Halbdunkel näherte und streckte den Körper.

Romuald stimmte ein leises Klagen an.

»Gott sei's geklagt! Welche Not!«, murmelte er in einem fort und steigerte seine Stimme bisweilen in eine Art klagenden Singsang hinein. »Welch ein Leid, welch ein Leid!«

Als er den Wächter erreicht hatte, blickte dieser den alten Bekannten geringschätzig an.

»Du schon wieder? Habe ich dir nicht geraten, dich zu verziehen? Soll ich am Ende noch Läuse von dir fangen?«

»Gott sei's geklagt! Mir kann nur der Bischof helfen!«

»Mach dich von dannen!«

»Oooooh!!!« Jetzt stimmte Romuald ein wildes Geheul an und begann, sich mit beiden Händen auf die Ohren zu schlagen. »Bis jetzt strafte mich nur Blindheit! Nun verliere ich auch noch die Gabe des Hörens! Ooooh!!!«

Er torkelte um den Wachmann herum, der ihn verärgert anblaffte: »Wenn du dich nicht auf der Stelle...«

»Ooooh!!! Mir kann nur noch der Bischof helfen! Ein Dämon raubt mir das Gehör! Soll ich nie wieder das süße Gezwitscher der kleinen Vögelchen hören und das wohltönende Gefurze meiner Kameraden? Was wird mir als nächstes genommen? Der Geruch? Ooooh!!!« Mit lautem Geheul wandte er sich zur Behausung des Bischofs und stolperte auf die Treppe zu.

»Du bleibst auf der Stelle stehen, oder ich werde dir mit meinem Schwert die Nase abschneiden, du verkommenes Saufloch!« Der Wachmann setzte ihm nach und hatte nun tatsächlich keine Augen mehr für den gegenüberliegenden Kaiserpalast.

In seinem Versteck hatte Enno, aufs Äußerste angespannt, auf diesen Augenblick gewartet. Er lief, so schnell es seine Schmerzen eben zuließen, über den Platz und tauchte in den Schutz des Gebüschs ein.

Beinahe wäre er auf der nassen Kellertreppe ausgeglitten, aber er fing sich im letzten Augenblick. Keuchend machte er sich daran, die steinernen Stufen zu untersuchen. Seine Finger glitten über den klammen Stein und rüttelten an den Platten. Die dritte Stufe von oben schließlich gab nach, und Enno brachte es fertig, sie auf ihrem Mörtelbett aufzurichten. Hastig fuhren seine Finger durch die darunter liegende Schwärze. Allerlei kleines Getier krabbelte durcheinander, und schließlich hielt er den verheißenen Schlüssel in Händen.

Als er alles wieder so herrichten wollte, wie er es vorgefunden hatte, entglitt die Steinplatte seinen klammen Fingern und polterte in ihre alte Position zurück. Erschrocken hielt Enno den Atem an.

Doch der Disput zwischen Romuald und der Wache hatte mittlerweile an Heftigkeit zugenommen. Niemand hörte, wie Enno den Schlüssel in das Schloß der kleinen hölzernen Türe am Fuße der Treppe steckte und herumdrehte. Die Drehung gelang mühelos und ohne Lärm, so daß Enno daran zweifelte, daß Abt Fridugis in letzter Zeit von seinen alten Gewohnheiten Abstand genommen hatte. Alles schien geölt und bestens vorbereitet.

»Tritt ein, Lustknabe«, murmelte er leise.

Er trat zögernd in den finsteren Raum und zog die Tür hinter sich wieder ins Schloß.

Schwärze und abgestandene Luft umfingen ihn. Mit ausgestreckten Armen tastete er sich vorwärts und strauchelte dabei über Gegenstände, harte, kantige und weiche, die sich in seiner Phantasie in allerlei schaurige Dinge verwandelten, über die er nicht weiter nachdenken wollte.

Bald stieß er auf der anderen Seite des Raumes wieder auf Mauerwerk, und als er sich an Spinnweben und rieselndem Mörtel vorbei an der Wand entlangtastete, erreichte er schließlich eine weitere Tür. Als er die Klinke drückte, murmelte er ein stummes Gebet und stellte erleichtert fest, daß die Tür unverschlossen war.

Dahinter wand sich eine Treppe nach oben, und nachdem er zunächst in die Stille hineingelauscht hatte, nahm er all seinen Mut zusammen und stieg hinauf.

Wenige Augenblicke später fand er sich in einem Säulengang wieder, der einen großen Innenhof umkränzte. Dies mußte das Atrium sein, von dem Alaradus gesprochen hatte. Ein Schrecken durchfuhr ihn, aber schnell stellte er fest, daß die Wölfin, die inmitten des Hofes stand und den Kopf zu ihm gewandt hatte, in Metall gegossen war, und es nicht auf ihn abgesehen hatte. Sie stand unbeweglich, und das Mondlicht spiegelte sich auf ihrem glänzenden Leib.

Ein paar Schritte weiter sah er eine weitere Statue, deren Formen er aus seiner Position nicht zu erkennen vermochte.

Gerade hatte er beschlossen, die Wendeltreppe weiter hinaufzugehen, um in das Obergeschoß zu gelangen, als Stimmen laut wurden.

Voller Panik schlüpfte er zurück in den Treppenabgang.

Es waren viele Stimmen, die durch die Nacht tönten. Sie kamen aus allen möglichen Richtungen, und ihre Lautstärke war gedämpft. Dann ertönten Schritte auf den Steinfliesen. Es begann überall zu trappeln und zu scharren.

Schemenhaft erkannte er im Wandelgang auf der anderen Seite des Atriums Mönche, die einträchtig nebeneinander her gingen, in leise Gespräche vertieft, verhalten lachend. Andere passierten sein Versteck nur wenige Schritte von ihm entfernt. Und dann läutete die Glocke.

Die matutina. Dies mußte das Frühgebet sein.

Im oberen Stockwerk der Gebäude huschten hinter milchigen Fensterscheiben Lichter her, und es hatte etwas Heimeliges, mit anzusehen, wie sich das Gebäude mit Leben füllte.

Enno traute sich erst wieder aus seinem Versteck, als sich irgendwo eine Tür mit lautem Donnern geschlossen hatte und aus der Palastkirche gedämpfter Gesang ertönte.

Dafür bewegte er sich jetzt weitaus sicherer in den

Gängen, da er vermutete, daß in diesem Teil der Pfalz zunächst einmal alle Bewohner, in frommes Beten versunken, in der Kirche knieten. Er stieg die Treppe hinauf und fand sich in einem Gang wieder, von dem mehrere Türen in einzelne Kammern hineinführten.

Von Romuald hatte er erfahren, daß der Kaiser und seine Familie im mächtigen Torhaus untergebracht war, an dem er am Vortag den kläglichen Versuch unternommen hatte, auf legalem Wege hineinzugelangen. Hier in den Räumlichkeiten des Laterans, in dem die Mönche schalteten und walteten, hatte er nichts verloren, also schlug er die nördliche Richtung ein, in der er den Torbau erhoffte.

Die Gänge waren lang und kahl, und nur hie und da mit einer Kienspanfackel beleuchtet, die in der Wandhalterung steckte und ihr flackerndes, goldenes Licht auf den nackten Stein warf.

Zwar hatte er das mächtige Areal der Kaiserpfalz von außen interessiert betrachtet und seine Außenmauern studiert, hatte sich vorgestellt, wie hinter diesen Mauern die Menschen lebten, arbeiteten und ruhten, aber jetzt, da er im Inneren war, fiel es ihm schwer, die Gänge und Treppenhäuser dem Äußeren zuzuordnen und sich zurecht zu finden.

Er betrat einen neuen Gang, der noch länger schien als der vorherige. Er verlief geradeaus nordwärts, und er merkte, daß er sich mit jedem Schritt weiter von der Kirche und vom leise erklingenden Gebet der Mönche entfernte.

Eine Tür zu seiner Linken schließlich erregte seine Aufmerksamkeit. Auf beiden Seiten ihrer steinernen

Einfassung flackerte je eine Fackel, und das dunkle Holz des zweiflügeligen Türblatts zog ihn auf eine eigentümliche Art und Weise an, ohne daß er hätte sagen können, warum. Er war gewiß noch nicht einmal in der Nähe der kaiserlichen Gemächer, aber er faßte sich ein Herz und öffnete die Tür.

Ein eigenartiger Duft schlug ihm entgegen. Das Licht der Kienspäne fiel zuckend in den länglichen Raum.

An der anderen Wand ihm gegenüber drang schwaches Mondlicht durch eine lange Reihe von Fenstern und beleuchtete fünfzehn Tische, die über den gesamten Raum verteilt waren.

Enno lief ein Schauder über den Rücken. Er ahnte mit einem Mal, wo er sich nun befand, und mit rascher Bewegung zog er eine der Fackeln aus ihrer Halterung.

Das flackernde Licht warf monströse Schatten an die Wände des Zimmers. Enno weitete die Augen und ließ fasziniert den Blick durch den Raum schweifen.

Dies waren keine einfachen Tische. Dies waren Schreibpulte. Die davor stehenden Sitzhocker standen säuberlich an ihren Platz gerückt, aber auf den hölzernen Arbeitsplatten sah es aus, als habe man gerade erst die Arbeit ruhen lassen und sei vor wenigen Augenblicken hinausgegangen, um ihn, den Jungen vom Lande, mit seinem schönsten Traum alleine zu lassen.

Dies war das scriptorium, von dem ihm Frodulf berichtet hatte. Hier arbeiteten die Schreiber und Kopisten und frönten einer Tätigkeit, die Enno der Himmel auf Erden zu sein schien.

Er ertastete Pergamente, die, an den vier Ecken mit

kleinen metallenen Gewichten beschwert, auf dem Pult ruhten. Buchstabenreihen waren mit schwarzer Tinte daraufgemalt, zierlich verschnörkelte Initialen und kunstvoll farbige Ornamente.

Enno atmete tief die Luft des Raumes ein, die mit dem Geruch der getrockneten Kalbshäute und dem säuerlichen Duft der weingelösten Tinte geschwängert war, und für einen Augenblick vergaß er völlig den quälenden Schmerz in seinem Rücken und die Furcht vor den Mördern und Spitzbuben.

Lange Federkiele lagen neben den Tintenhörnern, in denen schwarze und braune Tinte langsam eintrocknete und warteten darauf, daß eine geübte Hand sich ihrer wieder annahm und mit elegantem Strich Worte und Gedanken auf das Pergament bannte.

Radiermesser, Sandfäßchen, dicke Bündel von jungfräulich leuchtenden Pergamenten, kunstvolle Malereien und flüchtige Kritzeleien, fertiggestellte codices mit zusammengebundenen Seiten breiteten sich vor ihm aus, und ruhelos und andächtig zugleich ließ er die Finger durch die Schriftstücke gleiten, konnte sich gar nicht sattsehen und hungerte danach, selber die Feder zu führen.

Er erlaubte sich, eine Weile einfach dazustehen und sich zu erträumen, er , Enno aus Dalaheim, der vor Tagen noch zu nichts anderem nütze war, als die Schweine zu hüten, würde an einem dieser Pulte sitzen, mit tintengeschwärzten Fingern, die Nasenspitze bis fast zum Pergament hinunter gebeugt, eins werdend mit der Schrift.

Irgendwann spürte er, wie eine Träne aus seinem

Auge quoll und seine Wange herunterkullerte.

Der peinigende Schmerz meldete sich zurück. Und mit einem Mal wurde ihm bewußt, daß seine Zeit dahinschwand.

Das Gebet der Mönche konnte nicht ewig dauern, und er hatte keine Ahnung, wann die frommen Brüder ihren Tag begannen und wann es sie zu ihrer Arbeitsstätte zog. Womöglich hatten sie bereits ihr »Amen« gesprochen und waren bereits unterwegs zu ihrer Schreibstube.

Voller Wehmut schickte er noch einmal einen letzten Blick durch den Raum und schloß die Tür wieder hinter sich.

Als er seinen Arm nach oben reckte, um den Kienspan wieder in seinen ehernen Ring zu stecken, packte ihn ein mächtiger Schwindel. Für einen Moment mußte er sich an der Wand abstützen. Die zurückliegenden Ereignisse hatten ihn geschwächt, seine Wunde brannte wie Feuer, und der Hunger machte ihm die Knie weich. Er sank gegen die Wand und fühlte die kühlende Oberfläche des rauhen Steins an seiner Stirn. Dann zwang er sich, ruhig durchzuatmen, stieß sich ab und torkelte weiter den Gang entlang.

Unversehens tauchte eine andere Tür vor ihm auf.

Enno strauchelte und konnte sich gerade noch an ihrem klobigen bronzenen Türgriff festhalten. Da wurden mit einem Mal hinter ihm Stimmen laut.

Die Klosterbrüder hatten ihre Andacht beendet und kamen zurück. Jeden Augenblick konnte er entdeckt werden! Ihm blieb keine Wahl. Entschlossen drückte er die Klinke hinunter und schob die schwere Tür auf.

Dahinter tat sich ein Treppenhaus auf, das zur Linken ins Erdgeschoß führte. Dies mußte das Torhaus sein. Seine Aufregung wuchs. Ihm gegenüber erlaubte der Durchgang durch einen Rundbogen einen Blick in einen kleineren Gang. Hier hingen Vorhänge, und in einem Kandelaber brannten Kerzen. Er kam seinem Ziel immer näher.

Vom unteren Ende der Treppe hörte er plötzlich Husten und Füßescharren.

Wachen!

Wenn er sich beeilte, konnte ungesehen weiter vordringen.

Jeden Moment konnten die Mönche seiner ansichtig werden, also trat er kurzentschlossen durch die Tür und war gerade im Begriff, sie so leise wie möglich hinter sich zu schließen, als unter ihm auf der Treppe ein Gesicht auftauchte.

Der Wachmann war im ersten Moment viel zu verblüfft, um die Situation zu begreifen. Er stand auf der untersten Treppenstufe und starrte mit halboffenem Mund zu Enno hinauf.

Erst als hinter Ennos Rücken eine Stimme »Was suchst du hier, Junge?« rief, kam Bewegung in den stämmigen Mann, und er sprang die Stufen hinauf, auf Enno zu.

Dieser taumelte nach vorne, durch den Rundbogen in den kleinen Gang, von dem aus wieder mehrere Türen zur Linken abgingen.

Das Flackern der Kerzen über seinem Kopf, das Rufen des Wächters, die tiefroten Samtvorhänge, alles wirbelte um Enno herum, verzerrte sich und verschwamm.

Er spürte, wie er hart am Schlafittchen gepackt und geschüttelt wurde. »Los, spuck's schon aus, du Lump. Was hast du hier zu suchen? Wer hat dich hereingelassen?«

»Den Kaiser...«, japste Enno und schloß schmerzgepeinigt die Augen. »Ich will zum Kaiser...«

Es schallte in Ennos Ohren. »Wer hat dich hereingelassen? Wer?«

»Ich«, sagte plötzlich von irgendwoher eine helle Stimme, und das, was Enno dann sah, schien ein gütiger Vorgeschmack auf den Himmel zu sein.

Dreizehntes Kapitel

In dieser Nacht schlief die zweitälteste Tochter des Kaisers unruhig. Das Gewitter machte ihr immer noch Angst. Sie haßte es, in Nächten wie dieser allein und schutzlos in ihrem Bett zu liegen. Sie summte dann leise Melodien, um sich selbst Trost zu spenden und die Angst vor dem Unwetter zu verdrängen. Ihr Liebhaber Angilbert weilte die Hälfte des Jahres in St. Riquier, und ihr Vater erlaubte nicht, daß sie mit ihm ging, da er sich niemals von seinen geliebten Töchtern würde trennen können.

Sie beneidete ihre ältere Schwester Rotrud, deren geliebter Rorico, Graf von Maine, zum Hofstaat gehörte und ständig an ihrer Seite weilte.

Sie wälzte sich schlaflos auf ihrem Laken. Die Glocke zur matutina war noch nicht lange verklungen, als plötzlich Lärm vor ihrer Tür ertönte. Sie hörte Männerstimmen.

Rasch warf sie sich einen Hausrock über ihr dünnes Nachtgewand und sprang auf Zehenspitzen zur Kammertür.

Als sie diese öffnete, sah sie einen der Wächter, der einen jungen Mann gepackt hatte, und ihn grimmig am Kragen schüttelte. Der junge Mann hing schlaff im eisernen Griff des bulligen Torhüters und hatte offensichtlich jede Gegenwehr aufgegeben. Sein graues Bauernwams war dreck- und blutbesudelt, und die blonden Haare hingen ihm fransig ins Gesicht. Da erkannte sie den jungen Kerl wieder, den sie am Tage vom Söller aus beobachtet hatte. Ihr Herz schlug schneller.

Sie strich sich mit zitternden Fingern eine rote Locke aus dem Gesicht und streckte keck die spitze Nase hervor.

»Wer hat dich hereingelassen? Wer?«, herrschte der Wächter den Jungen an.

»Ich!«, rief Bertha und trat beherzt vor. Hinter dem Wächter erschienen zwei Mönche im Schein der Kerzen. Berthas Nachtgewand war zart und dünn, und ihr Hausrock klaffte weit auseinander, als sie vortrat und den Arm schützend um Enno legte, den der Wächter auf der Stelle losließ. Die Mönche hatten Mühe, ihre Blicke abzuwenden.

»Was schaut Ihr wie die Lämmer? Habt Ihr nichts zu beten?«, fauchte Bertha und faßte Enno, dem die Füße unterm Körper wegsackten, um die Hüfte. »Und du, geh zurück an deinen Platz. Sonst verschafft sich noch irgendwelches Gesindel Einlaß!«, blaffte sie den Wächter an.

Dann schob sie Enno in ihre Kammer. Während sie die Türe hinter sich ins Schloß schob, hörte sie noch die Worte eines der Mönche: »...wie Tauben, die in den Räumen des Palastes herumflattern. Abt Alkuin hat uns stets vor ihnen gewarnt...«

Der junge Mann in ihren Armen stöhnte entkräftet und richtete seinen trüben Blick auf sie, während sie mit äußerster Anstrengung versuchte, ihn zu ihrem Bett zu schaffen.

Als er schließlich rücklings auf die Strohmatratze fiel und die Arme weit von sich streckte, flüsterte er matt: »... sie führen Schlimmes im Schilde. Mein Onkel, meine Tante... tot... die Pergamente... Du bist so schön.

Ist das der Himmel?« Dann schloß er die Augen, und wenige Augenblicke später war nichts mehr zu hören als ein schwaches, gleichmäßiges Schnarchen.

Bertha blickte auf ihre Finger. Sie waren voller Blut. Liebevoll betrachtete sie das ebenmäßige Gesicht des Burschen und hockte sich neben ihn auf den Rand des Bettes. Sie beugte sich ganz tief zu ihm hinab und flüsterte: »Du armer, schöner Junge. Wer hat dir das angetan?« Sie erforschte jeden Zentimeter seines Gesichts und hätte am liebsten ihre Lippen auf die seinen gedrückt.

»Später«, flüsterte sie. »Erst will ich, daß du gesund wirst.« Dann begann sie, sein Wams zu öffnen. Und dann entdeckte sie den Zipfel eines Pergaments, das er darunter verborgen hatte, und sie zog die Stirne kraus.

*

Als Enno wieder zu sich kam, glaubte er noch immer, im Himmel zu sein. Jetzt, so stellte er erfreut fest, hatte er allerdings wieder alle Sinne beisammen, um die Geschenke, die man ihm hier im Elysium darbot, mit Freude betrachten zu können.

Nicht weniger als fünf zarte Frauengesichter waren ihm freundlich zugewandt. Fünf wunderschöne Augenpaare blickten ihn mit einer Mischung aus Neugier, Freude und Lust an. All das glaubte er jedenfalls in ihren Blicken zu lesen. Die Jüngste mochte dreizehn oder vierzehn Jahre alt sein, die Älteste hatte die Zwanzig überschritten und die Dreißig noch nicht erreicht. Er sah Ellenbogen, die Knüffe verteilten, volle

Lippen, über die verstohlen zartrosa Zungen huschten, er hörte Kichern und roch den Duft von Rosen und reifem Obst.

Dies konnte einfach nur der Himmel sein.

Die mit dem feuerroten Schopf erkannte er wieder. Er hatte verschwommen ihr zartes Antlitz wahrgenommen, kurz bevor ihm die Sinne schwanden. Dies war noch in der Nacht gewesen. Jetzt herrschte heller Tag. Sonnenstrahlen huschten über flachsblondes Haar, weiße Zähne und kobaltblaue Augen, und die Nacht und ihre Schrecken schienen ihm in einer anderen Zeit zu liegen, in einem anderen Leben.

»Gott grüße Euch, edle Damen«, murmelte er schwerfällig. Sein Mund war verkrustet, seine Zunge klebte am Gaumen. Die Antwort war vielstimmiges Gekicher. Sie rückten ihren Busen zurecht und kauten auf ihren Haarspitzen. Sie waren Gänse. Einige mehr als die anderen. Aber sie waren allesamt eine Augenweide.

»Mit wem habe ich das Vergnügen?«, fragte er und versuchte schmatzend den pelzigen Belag von der Zunge zu bekommen. Als er sich halb aufrichtete, bemerkte er, daß sein Oberkörper nackt war, und daß ein Verband um Brust und Rücken geschlungen war. Seine Hände waren gewaschen, und als er das Laken hob, das man über ihn gebreitet hatte, stellte er errötend fest, daß auch seine unteren Körperregionen der zerschundenen Kleidung entledigt waren.

»Unser Vater ist der Kaiser«, sagte die Rothaarige, und in ihrer Stimme klang Stolz mit. »Das sind Theodrada und Hiltrud, unsere Jüngsten, das ist Gisela, das ist meine älteste Schwester Rotrud, und ich selbst heiße Bertha.« Sie senkte verschämt ihren Blick. »Es war nötig die Wunde zu säubern.«

Enno nickte verwirrt. »Oh ja, das war es wohl. Der Hieb eines Bären... ich danke Euch. Ihr wart offensichtlich sehr... sorgfältig.« Wieder erntete er Getuschel und Kichern.

Sie waren so viel anders als die Mädchen aus seinem Dorf. Er bedauerte, daß ihn in der letzten Nacht die Kräfte verlassen hatten. Und dennoch... was wäre schon geschehen? Ein Bauernjunge und die Tochter des Kaisers. Das waren Geschichten, die man sich am Herdfeuer erzählte, und das hatte nichts zu tun mit dem richtigen Leben.

»Du hast mich so gedauert. Ich habe beobachtet, wie du versuchtest, in den Palast zu gelangen. Das war am hellichten Tag. Als es dir dann bei der Nacht gelungen ist, habe ich dich gleich wiedererkannt.« Bertha strahlte ihn an. »Für einen Augenblick habe ich sogar geglaubt, du könntest wegen einer von uns hierher gekommen sein. Aber dann...« Sie zuckte enttäuscht mit den Schultern.

Von der Tür ertönte ein Klopfen. Bis jetzt hatte Enno nichts von dem Zimmer um sich herum wahrgenommen, da er seine Augen nicht von dem bezaubernden Blütenmeer der Rosenlippen und Veilchenaugen abwenden konnte. Der Raum war nicht besonders groß. Um das Fenster mit seinem milchigen Alabaster war ein schwerer grüner Vorhangstoff drapiert, dessen Ränder mit goldener Litze abgesetzt waren. Über seinem Kopf hing an der steinernen Wand ein kleines Fläschchen, in dem er Weihwasser vermutete. Ein Saufell über einer großen eisenbeschlagenen Holztruhe zierte die gegenüberliegende Wand. Der Boden war mit Teppichen ausgelegt, und alles in allem wirkte die Kammer zwar wirklich nicht ärmlich, doch war sie karg eingerichtet und diente offensichtlich nur der Nachtruhe.

Auf Berthas Ruf hin wurde die Tür geöffnet.

»Meister Einhard«, sagte Rotrud säuerlich. »Das konnte ja nicht lange dauern.«

In der Tür erschien ein kleiner, drahtiger Mann mit hellem Schopf und wachen, blauen Augen. Er trug ein Bündel und mehrere Bücher unter den Arm geklemmt und trat eilends ein, wobei er kleine hektische Schritte machte.

Als er sich zwischen den kichernden Mädchen durchzwängte und an das Bett trat, fuhr er sich nervös mit der schlanken Hand über Stirn und Kinn. Seine Mundwinkel zuckten und sein Blick war nachdenklich und ernst.

»Eine schlimme Geschichte, Bertha«, murmelte er. »Eine wirklich schlimme Geschichte.« Er hatte seinen Blick starr auf Enno gerichtet, der sich, nur mit einem Laken bedeckt, ausgeliefert und schutzlos vorkam.

Dann wandte sich Enno abrupt zu der rothaarigen Tochter des Kaisers.

»Es steht mir nicht zu, Euer Benehmen zu tadeln, junges Fräulein, aber ich möchte Euch fragen, ob Ihr wohl einen Gedanken daran verschwendet habt, daß dieser Mann möglicherweise ein gemeiner Attentäter...«

»Ganz recht, es steht Euch nicht zu!«, sagte Bertha

scharf und fuhr ruhig fort. »Es gibt einen sechsten Sinn, wißt Ihr, Einhard. Und den tragen wir Frauen hier. Ich weiß, wem ich vertrauen kann, und wem nicht.« Sie faßte sich an die Stelle, an der ihr Herz in der Brust schlug.

Einhard seufzte. »Ich bin sehr neugierig, ob Euer Vater derselben Ansicht ist.« Er fuchtelte mit dem Finger vor Ennos Nase herum, der den Disput mit ratlosem Gesichtsausdruck verfolgt hatte. »Bist du hier eingedrungen um zu stehlen, zu morden oder Feuer zu legen?«

Enno schüttelte hastig den Kopf. »Nein, ich...«

»Stimmt es, was man mir gesagt hat? Ich kann es kaum fassen: Bist du am Ende wirklich hier eingedrungen, um den Kaiser sprechen zu wollen?«

Verblüfft starrte Enno ihn an. »Deshalb bin ich hier. Ja!«

Einhard nickte. »Wohlan. Dann zieh dir etwas über und trödle nicht unnütz herum. Er will dich sehen!« Er warf das Bündel auf das Bett, das er unterm Arm getragen hatte. Ein Wams, leinene Hosen und ein Gürtel purzelten auseinander.

»Wer?«, fragte Enno verblüfft.

»Der Kaiser natürlich. Er wartet auf dich. Und er wartet nicht gerne. Also spute dich!«

*

Theodo blickte zum Himmel hinauf, an dem eine pralle Sonne hing. Sie wärmte Gesicht und Herz. Sie legte ein freundliches Licht über das geschäftige

Treiben auf dem Marktplatz vor der Kaiserpfalz.

Er stand inmitten der geschäftig brodelnden Menge, deren vielstimmiger Lärm um ihn herum schwappte wie das Wellengekräusel eines Gebirgsbachs. Vom Platz stieg die letzte Nässe des Ungewitters in blassen Dunstschlieren in die klare Morgenluft hinauf.

Dies war der Tag.

Keiner um ihn herum ahnte, daß sich heute Großes ereignen würde. Keiner verschwendete einen Gedanken daran, daß jeder Tag, den Gott geschaffen hatte, ein Tag sein konnte, an dem die alte Ordnung ihr Ende fand. Zu lange hatte sich dieses Land seinem gemächlichen Trott hingegeben, sich in seiner Zufriedenheit eingerichtet. Es wurde Zeit, neue Gedanken in die Köpfe der Leute einzupflanzen.

Der Gedanke, als Einziger zwischen den Leuten umherzuwandeln, der eine Vision von dem gewaltigen Ereignis hatte, das bevorstand, erfüllte ihn mit einem Gefühl der Erhabenheit. Er war ein Auserwählter. Nichts konnte sich ihm mehr in den Weg stellen.

An einem Apfel kauend schlenderte er auf den Stand der Orientalen zu. Es war ein Genuß, am hellichten Tag vor den Mauern des Kaiserpalastes herumzuspazieren. Womöglich beobachtete jemand der kaiserlichen Familie gerade in diesem Augenblick den Marktplatz. Arglos, ahnungslos.

Die Augen von Selim Bei blitzten ihn feindselig hinter dem Marktstand an. Der Moslem hatte ungeduldig, mit mahlenden Kieferknochen und geballten Fäusten seine Ankunft erwartet. Theodo ließ mit geheucheltem

Interesse seinen Blick über die aufgestellten Säcke voller Gewürze, die Krüge und Stoffbündel streifen.

»Ihr werdet großen Absatz finden, wenn Ihr heute abend zu Gast in der Pfalz seid. Kaiser Karl ist ein großzügiger Mann, der die Fremden liebt«, murmelte er beiläufig und vermied den Blickkontakt mit dem Mann hinter dem Stand. Kinder liefen kreischend vorbei, Hühner flatterten gackernd um seine Füße. Allenthalben wurden mit dröhnenden Rufen Waren angepriesen. Theodo sah sich kurz um und schlüpfte dann, möglichst unauffällig in das kleine Zelt der Fremden. Selim Bei folgte ihm nur einen Lidschlag später.

»Kaiser Karl liebt die Orientalen«, wiederholte Theodo süffisant. »Mir sind sie bisweilen recht lästig.« Ein spöttisches Lächeln umspielte seine Mundwinkel, und er ließ keinen Zweifel daran, daß er keine Sekunde zögern würde, Selim Beis Tochter aufs Grausamste zu quälen, wenn ihr Vater nicht tat, wie ihm geheißen wurde.

Selim Bei knurrte einen unterdrückten orientalischen Fluch. Die Knochen seiner dunkelhäutigen Finger traten weiß hervor.

Theodo griff in sein Wams und holte das Bündel hervor, das er ihm in der Nacht zuvor schon einmal gezeigt hatte. Jetzt war es mit dem tödlichen Samen versehen. Selim Bei wußte genau, was von ihm verlangt wurde. Er nahm das Bündel mit zitternden Fingern.

»Medizin«, sagte Theodo lächelnd. »Du tust ein gutes Werk, wenn du sie dem Kaiser anbietest. Ich bin sicher, daß du all deine basargeübte Beredsamkeit aufbringen kannst, um ihn dazu zu bewegen, dieses Heilmittel zu sich zu nehmen. Zeig uns deine ganze Kunst, Halsabschneider. Dann kannst du sicher sein, daß deine Tochter bald schon mit dir weiterreisen wird. Unversehrt womöglich. Ohne Schaden an Leib und Seele...«

Vierzehntes Kapitel

Die beiden Wächter faßten ihn hart und unbarmherzig an. Einhard, der mit gesenktem Kopf und kleinen Schritten vor ihnen hergeeilt war, warf zwischendurch immer wieder den Kopf herum und musterte Enno skeptisch. Er vermittelte den Eindruck äußerster Nervosität. Seine Linke hatte er mit festem Griff um seine Schriftstücke geklammert. Mit der Rechten klopfte er zaghaft an eine Tür, die sich durch nichts von den Türen unterschied, derer Enno bislang im Palast ansichtig geworden war. Die beiden Wachen, die neben ihm standen, vollführten mit ihrem Geschnaufe und Geraschele einen solchen Lärm, daß Enno kein Geräusch der Antwort vernehmen konnte.

Und doch öffnete Einhard die Tür, und tat Ennos Bewachern mit einem vielsagenden Blick kund, sie mögen nicht allzu grob mit dem ihnen anvertrauten Delinquenten umgehen.

Er trat ein, und forderte sie mit einem stummen Wink auf nachzukommen.

Die Wachen schienen seine zarten Andeutungen geflissentlich zu übersehen, denn ihre Griffe klammerten sich wie Eisenzwingen um Ennos Handgelenke. Ihre Hände stießen ihn unsanft in den Rücken, um ihn zum Gehen anzutreiben. Dabei berührten sie so ungestüm seine Wunde, daß er scharf die Luft zwischen den Zähnen einsog und vorwärts in den Raum stolperte.

»Hinaus«, zischte Einhard und fuchtelte nervös mit der Rechten.

Nachdem die Wachen verschwunden waren, schloß Einhard die Tür so sanft und vorsichtig, so ohne jegliches Geräusch, als sei sie aus Schafswolle gewoben.

Der Raum lag im Halbdunkel. Es gab nur ein einziges Fenster, das zur Ostseite hinausführen mußte, denn keiner der Sonnenstrahlen fiel durch die weißlichen Alabasterscheiben ins Innere des Zimmers.

Spärlich war der Raum eingerichtet. Ein Stuhl, ein Tisch und eine Truhe bildeten das einzige Mobiliar. Ein paar Vorhänge trennten einen angrenzenden Raum ab. Von der Decke hing ein achtarmiger Kandelaber.

In diesem Moment trat ein mächtiger Schatten vor das Fenster. Der Mann hatte in einer Nische seitlich davon gestanden, er trat langsam, ihnen den Rücken zuwendend, vor und legte mit nachdenklicher Pose die Hand auf die kühle Scheibe. Sein Haar war grau und lang, seine Gestalt imposant. Er vollführte seine Bewegungen ruhig, ohne Hast.

Als er sich zu ihnen umwandte, erkannte Enno denjenigen wieder, den er am Vortag hoch zu Roß von der Jagd hatte heimreiten sehen. Enno brachte es nicht fertig, den Mund zu schließen und verschlang aufgeregt die Hände ineinander.

Er stand Karl dem Großen, dem Kaiser des christlichen Abendlandes, gegenüber.

»Hinknien!«, zischte Einhard eindringlich, und Enno löste sich aus der Erstarrung und fiel auf die Knie.

»Wie ist dein Name?«, fragte der großgewachsene Mann und trat näher.

Enno brachte es mit Mühe fertig, seinen Namen auszusprechen, obwohl ihm die Zunge schwer war.

»Ich komme aus Dalaheim im Eifelgau, Majestät«, fügte er hinzu, und als er verschämt den Blick hob, sah er, daß der Kaiser Einhard mit hochgezogenen Augenbrauen einen vielsagenden Blick zuwarf.

»Dalaheim«, murmelte der Kaiser und ließ sich auf seinem Stuhl nieder. »Dies ist nicht gerade ein Ort, in dem Geschichte geschrieben wurde. Ich möchte aufrichtig zugeben, daß mir die Existenz dieses Dorfes nicht einmal bekannt war... bis gestern.«

Enno spürte, wie die Röte sein Gesicht überzog, und er kam sich auf geradezu jammervolle Art und Weise ertappt vor. So, als ginge es um ein gestohlenes Lamm und nicht um den Mord an drei Menschen.

»Ich sehe, du weißt Bescheid über die Vorfälle in Dalaheim«, konstatierte Karl mit ruhiger Stimme. Noch immer hatte er etwas von einem Beichtvater, der seinen Schützling ermutigt, alle Untaten aus freien Stücken kundzutun.

»Wernar und die anderen werden es völlig falsch dargestellt haben!«, brach es aus Enno hervor. »Gewiß, ich habe meinen Onkel und meine Tante nicht geliebt, habe sie nicht geehrt, wie es vielleicht meine Pflicht gewesen wäre...«

»Wo sind deine Eltern?«

»Sie starben, als ich noch ein kleines Kind war. Ein Unwetter... ein Brand.« Er stammelte es leise vor sich hin, nur um danach um so heftiger fortzufahren: »Aber die Morde... der Bote... Das waren Fremde. Zwei finstere Burschen mit geschorenen Schädeln! Sie haben nicht viel Federlesens gemacht. Einer von ihnen ist in der Stadt, Herr. Dies ist der Grund, warum ich unbedingt mit Euch sprechen muß!«

Karl hatte sich unmerklich aufgerichtet. Seine Hand strich durch seinen eisgrauen Bart. »Geschorenes Haupt, sagst du?«

»Geschoren. Das könnt Ihr mir glauben. Sie führen etwas im Schilde!«

Karl erhob sich schweigend und senkte nachdenklich den Kopf. Es sah aus, als betrachte er intensiv die steinernen Bodenplatten, als er zwischen den Vorhängen hindurch in den Nebenraum verschwand. Enno schickte einen fragenden Blick zu Einhard hinüber. Der jedoch gab keinen Aufschluß über das, was er von der Situation hielt. Mit geduldiger Miene wartete er, bis der Kaiser zurückkehrte.

Enno hatte gesehen, wie er zu einem Bett gegangen war, das gegenüber vom Durchgang an der Wand stand, und von Schreibgeräten und Pergamenten umkränzt war. Der Kaiser schien bis spät in die Nacht hinein zu lesen und zu studieren.

Als er zurückkehrte, trug er ein Bündel Pergamente vor sich her und hatte in nachdenklicher Haltung einen Arm auf den Rücken gelegt.

Als er Enno die zerschundenen Schriftstücke vor das Gesicht hielt, erkannte dieser die Dokumente wieder, die er den ganzen Weg von Dalaheim bis hierher an seiner Brust mit sich geführt hatte.

»Du bist des Lesens nicht kundig«, begann der Kaiser bedächtig. »Und trotzdem frage ich dich: Glaubst du, daß etwas wie dies Ursache für einen rohen Mord sein kann?«

Enno schüttelte energisch den Kopf und unterstrich

seine Worte mit flehentlichen Gesten. Er wandte sich abwechselnd an den Kaiser und Einhard, die ihn gewähren ließen und scheinbar geduldig zuhörten, was er zu berichten hatte.

»Nicht diese Schriftstücke sind es, auf die die Mörder es abgesehen hatten! Es ging ihnen nur um ein einziges, das sie mitgenommen haben. Ein einziges, hört Ihr. Und es unterscheidet sich von den anderen, indem es bereits signiert ist, versteht Ihr?« Und als die beiden ihn immer noch ratlos ansahen, fuhr er fort: »Die Signatur, mit der Ihr Eure Urkunden zu vervollständigen pflegt, Herr, die war bereits vollständig vorhanden! Ihr habt recht, ich kann nicht lesen noch schreiben, so gern ich es könnte. Aber ich weiß, daß eine gefälschte Urkunde in den falschen Händen ist! Hier in Aquis. Heute Nacht hat einer der Mörder eine weitere Bluttat begangen. Einer Eurer Stallmeister. Liudulf war sein Name, wenn ich es recht vernommen habe! Ihr werdet in Eurem Tiergehege nicht viel mehr von ihm finden als seine Schnürschuhe. Beinahe hätte der Bär auch mich erwischt!«

Ein Ruck ging durch den Körper des Herrschers. Er trat erregt näher. Auch Einhard hatte einen Laut des Entsetzens ausgestoßen.

»Liudulf, sagst du?«, fragte Karl barsch. »Wer sagt mir, daß du nicht lügst. Wer sagt mir, daß nicht du der Mörder bist, und dich in deiner grenzenlosen Verwirrung in den Palast geschlichen hast, um weiterhin deinem irren Blutrausch zu frönen?«

»Sie waren zu zweit, Herr! Geschoren, wie ich Euch sagte! Sie hatten ein Messer bei sich, mit dem sie meinen

Onkel und meine Tante getötet haben. Ein edles Messer mit reicher Verzierung. Nicht die Waffe eines Bauernjungen. Ihr werdet es gesehen haben, als man Euch die Sachen aus meinem Wams brachte.«

Einhard räusperte sich und als sein Herr ihm mit stummem Einverständnis zu sprechen erlaubte, sagte er: »Dort war kein Messer.«

»Es war in ein Tuch eingewickelt. Getränkt mit dem Blut meines Onkels, aus dessen Leib ich es herausriß. Ihr werdet es übersehen haben.«

»Das Tuch war da. Das Blut ebenfalls. Ein paar Denare haben wir auch gefunden. Aber da war nichts von einem Messer zu sehen!«, sagte der Kaiser dröhnend. »Mir scheint fast, als sei all das eine einzige schlecht erfundene Lügengeschichte!«

Enno sackte in sich zusammen. »Das sagte man mir schon einmal«, murmelte er tonlos und starrte zu Boden. »Ich hatte gehofft, behilflich sein zu können...«

Dann herrschte einen Moment lang Schweigen, und Einhard trat an die Tür, um die Wächter wieder herein zu rufen, als Enno noch einmal die schrecklichen Szenen der letzten Nacht vor seinem geistigen Auge sah.

»Es war der größere von beiden. An seiner Seite war ein Mann, der zum Palast gehörte. Er sprach von Liudulf als einem der Seinen.« Als er den Kopf wieder hob, sah er beide Augenpaare verblüfft auf sich gerichtet. »Der eine Mörder sprach von einem Bruder!« Enno geriet selbst in Verzückung über die Informationen, die ihm in diesem Moment ins Gedächtnis zurückkehrten. »Sein Bruder, so sprach er, sei bei den Muselmanen, um sie für den heutigen Abend zu instruieren. Habt Ihr eine Ahnung, was diese Worte bedeuten könnten?« Sein Blick wanderte fragend zwischen dem Kaiser und seinem Schreiber Einhard hin und her.

»Ein Raub!«, rief Einhard plötzlich. »Man will sich womöglich an die Schätze heranmachen!« Er trat aufgeregt von einem Fuß auf den anderen. »Ein Spitzel bist du!« Er fuchtelte unbeherrscht mit dem Finger vor Ennos Nase herum. »Ein Spitzel, der den Palast auskundschaften soll. Gib es zu!«

Ennos Mut sank. Was auch immer er vorbrachte, man würde einem Bauernlümmel keinen Glauben schenken. Dies war ein unabänderliches Gesetz der Natur. Wie hatte er nur glauben können, er könne daran etwas ändern?

»Wer soll aus unseren Reihen in dieses Komplott verstrickt sein?«, fragte Karl streng. »Beschreibe den Mann, damit wir ihn dir gegenüberstellen können!«

Enno zuckte mit den Schultern. »Ich habe ihn nur von hinten gesehen. Es war Nacht. Ein Unwetter tobte. Ich hatte Angst. Graues Haar, hatte er, glaube ich, aber ich bin mir nicht sicher. Auch über die beiden anderen kann ich nicht viel mehr sagen, als daß sie kahle Schädel hatten. Verzeiht mir, Herr.« Und dann flüsterte er leise: »...denn sterben muß David.«

Wie vom Donner gerührt, öffneten der Kaiser und Einhard vor Entsetzen den Mund. Der Kaiser trat auf ihn zu und packte ihn an der Schulter. »Was redest du da?«

»...denn sterben muß David. Was immer diese finsteren Gestalten damit gemeint haben mögen. Ich habe nicht die kleinste Idee. Ihr vielleicht?«

Etwas im Gesicht des Kaisers hatte sich verändert. Hatten vorhin seine Wangen noch vor Zorn geglüht, so war bei Ennos letzten Worten mit einem Mal jede Farbe aus seinem Gesicht gewichen. Von einem Moment auf den anderen sah der großgewachsene Mann steinalt aus, und jede Kraft schien aus ihm zu schwinden. »Ich kann nicht glauben, was ich höre!«

Einhard wandte sich mit ängstlichem Gesichtsausdruck an den Gefangenen. Seine Stimme hatte alles Feindselige verloren. »Du bist dir sicher? Dies waren die Worte?«

Enno nickte verwirrt. »Dies waren ihre Worte, ja. Wieso? Was bedeuten sie?«

Der Kaiser hatte begonnen, rastlos umherzugehen. Nun trat er zur Tür und riß sie auf. »Führt ihn in die Zelle!«, sagte er tonlos. Es klang nicht wie der Befehl des Beherrschers des Abendlandes.

Einhard wagte einen Einwand. »Aber...« Der Kaiser jedoch hatte sich bereits abrupt umgedreht und war wieder zum Fenster gegangen. Er öffnete es und blickte schweigend auf den Innenhof hinaus. Die beiden Wachen drängten herein und packten Enno an den Armen. Auf Einhards Gesicht erkannte Enno den dringenden Wunsch, einschreiten zu wollen, aber der Schreiber ließ alles so geschehen, wie der Kaiser es angeordnet hatte.

Wenige Augenblicke später schloß sich die Tür hinter dem Burschen aus Dalaheim.

»David...«, murmelte Karl und verschränkte die Arme hinter dem Rücken. »Seit Alkuin nicht mehr am Hofe ist, hat mich niemand mehr mit meinem biblischen Kosenamen angesprochen. Dich, mein treuer Einhard, nennt man wenigstens von Zeit zu Zeit noch Bezaleel.«

»Wer kann das sein?«, fragte Einhard nervös. »Wer kann so Ungeheuerliches im Schilde führen?«

»Sie können lesen, können Urkunden entziffern. Soviel steht fest. Das Schriftstück, das sie mit sich führen, muß eine Fälschung sein«, grübelte Karl. »Außerdem sind sie zu zweit. Und einen Vertrauten haben sie hier bei uns am Hof. Sie haben geschorene Häupter. Ich muß an den Brand in St. Jumiège denken.«

»St. Jumiège?« Einhard erstarrte. »Man sagte uns, sie seien in den Flammen umgekommen!«

»Zwei Skelette, Einhard. Ein Haufen Knochen, sonst nichts. Wer sagt uns, daß sie nicht hierher gekommen sind?«

»Was wollt Ihr tun? Sollen wir das Fest absagen? Die Fremden in Haft nehmen?«

Karl hob abwehrend die Hand. »Nur das nicht! Das wäre eine deutliche Warnung für sie. Alles soll so bleiben, wie es vorgesehen war.«

»Was stellen wir mit diesem Burschen an? Ich bin mir fast sicher, daß er unschuldig ist, und nur hier ist, weil er...«

»Er kommt hinter Gitter!«, schnitt ihm Karl kategorisch das Wort ab und unterstrich es mit einer kraftvollen Geste. Dann trat er an Einhards Seite und legte seinen Arm um die Schulter seines kleinen Schreibers.

»Und nun, mein Bester, werde ich beweisen, daß ein Feldherr, der auf den Schlachtfeldern dieser Welt als großer Stratege bekannt ist, auch auf dem Brettspiel der Intrigen und Komplotte durchaus ein ebenbürtiger Gegner sein kann.«

Fünfzehntes Kapitel

Es hätte ein Fest werden können. Eine der ausgelassenen, rauschenden Feiern, wie sie die Aula Regia schon häufig gesehen hatte. Die Feuerstellen der Küche hatten Tag und Nacht geraucht, die Köche geschwitzt, bis sie vom Ruß ganz schwarz waren.

Schon früh waren in der Aula die Kandelaber angezündet worden. In großen Eisenkörben knisterten muntere Feuerchen, die am Abend, als die Gäste eintrafen, ihren flackernden Schein auf die farbigen Malereien warfen, die die Wände der riesenhaften Halle zierten. Der Altar in der Apsis an der westlichen Stirnseite erstrahlte im Kerzenschein.

Im Zentrum der Halle befand sich der hölzerne Thronsessel, der mit kostbaren Tüchern behängt war. Hier war auch die endlos lange Festtafel aufgestellt worden, die die Besucher mit Blumenschmuck und Brot willkommen hieß.

An der Ostseite hatten sich drei Musiker positioniert, die mit Leiern und Zithern aufspielten.

Der gesamte Hofstaat versammelte sich kurz nach Einbruch der Dämmerung. Erzbischof Hildebald von Colonia traf wenig später ein und freute sich sehr, mit Bischof Medoin von Autun zusammenzutreffen. Isambart, der Graf des Traungaus, war gerade erst in Aquis eingetroffen und stieß mit einem Gefolge von beinahe zwanzig Mann auf direktem Wege zu der Feier.

»Ein feiner Zug«, rief er fröhlich, »uns mit einem kleinen Bankett willkommen zu heißen!«

Die Halle füllte sich sehr schnell mit Menschen, und

emsiges Gemurmel, Gerede und Gelächter hing in der Luft. Eberhard, der buticularius, und Ricbald, der senescalus, deren Aufgabe es war, für das Gelingen des Festes Sorge zu tragen, eilten zwischen den Gästen hin und her.

Als Karl eintrat, trotz des festlichen Anlasses wie immer mit seinem Leinenhemd, der leinenen Hose, der mit Seide eingefaßten Tunika und den Schenkelbändern um die Beine recht alltäglich gekleidet, bildeten die Gäste eine Schneise zu seinem Platz. Er schüttelte erfreut Hände, klopfte Schultern und schien aufgeräumter Stimmung und bester Laune zu sein. Manches Wort zu seiner neuen Kaiserwürde hing in der Luft. Seine Töchter folgten ihm, aufs Köstlichste herausgeputzt, zart und duftend wie die Elfen. Hinterdrein stolperte, geschäftig und aufmerksam wie stets, Einhard, der ebenfalls zahlreiche Besucher sehr herzlich begrüßte.

Als Karl sich auf seinen Thronsessel sinken ließ, war dies das Zeichen für seine Gäste, sich nun ebenfalls an der Tafel niederzulassen. Seine älteste Tochter befreite ihn eilends von dem Schwert, das er stets bei sich trug.

»Unter uns«, hob Karl nun an, und auf einen Schlag verstummten die Musikanten. Die Gespräche brachen abrupt ab, und keiner der Anwesenden tat mehr einen Mucks, »befinden sich zahlreiche Gäste, die in der Tat eine weite Anreise auf sich genommen haben. Isambart, mein Freund. Ich begrüße dich und die Deinen aufs herzlichste. Du warst lange nicht mein Gast in Aquis, und ich freue mich zu sehen, daß dein stolzer

Ebenholzschopf nun auch beginnt, mit Eile zu ergrauen. Am Ende, guter Isambart, wirst du mich noch einholen!« Er erntete schallendes Gelächter. »Graf Wido möchte ich willkommen heißen und den Grafen Bera, und natürlich auch die anderen alle, die hier in Aquis zu Gast sind, hier leben und die hier arbeiten.« Beifälliges Gemurmel wurde laut.

»Ganz besonders aber, möchte ich heute völlig anderen Gästen dafür danken, daß sie uns mit ihrer Anwesenheit beehren. Ich spreche von unseren Freunden aus dem Morgenland. Ich begrüße die Händler aus Arabien!«

Der Jubel war groß. Die Fremden, die bisher schweigsam inmitten der Schar der Gäste ausgeharrt hatten, erhoben sich von ihren Plätzen und verneigten sich vor dem Kaiser.

»Mein Name ist Selim Bei«, sagte ihr Anführer zaghaft. »Wir sind nichts weiter als einfache Händler. Wir ziehen durch die Lande und freuen uns, wenn wir unter den Menschen Eures Landes Interesse und Anerkennung für die Kunstfertigkeit der Handwerker in unserer fernen Heimat finden. Ich und die Meinen sind beschämt, von Euch, Majestät, an Euren Hof geladen zu werden, auf daß wir mit Euch zu Tisch sitzen sollen wie Euresgleichen. Wir werden Preis und Lob für die Gastfreundschaft Eures Volkes mit in unser Heimatland tragen, und wir werden den Namen des Kaisers Karl, des allergnädigsten, erhabenen, von Gott gekrönten, großen, friedbringenden Kaisers des Römischen Reiches und durch das Erbarmen Gottes König der Franken und Langobarden loben und preisen.« Er winkte einem seiner Gefolgsleute, woraufhin dieser ihm ein Bündel Stoff reichte.

Selim Bei trat vor den Platz des Kaisers und entfaltete das Bündel, und zum Vorschein kam ein golddurchwirkter, reichverzierter dunkelvioletter Kaftan. »Es ist ein Kleidungsstück unseres Landes. Eines, wie es nur die edelsten Fürsten und Könige tragen. In ihm vereinigt sich die ganze Kunstfertigkeit unserer Weber und Schneider. Nehmt dies als Zeichen unserer untertänigsten Dankbarkeit.« Er warf sich auf die Knie und reichte dem Kaiser sein Geschenk.

»Ein Geschenk, das mich froh und dankbar macht«, sagte Karl nickend und ließ die grobe Hand über den zarten Stoff streichen. »Aber viel größer noch ist das Geschenk, das du mir machst, indem du mir im Verlauf des Abends Näheres berichten wirst vom Transport einer Gabe deines Herrschers, des Kalifen Harun al Rashid. Und nun, meine Freunde, wollen wir trinken und feiern. Und an diesem Abend soll uns kein böser Gedanke die gute Laune verderben!«

Unvermischter, schwerer Wein machte die Runde, und duftendes, reifes Obst wurde verteilt. Die Musikanten spielten wieder auf, und Gaukler strömten zur Tür herein, um mit ihren Späßen und Kunststücken die Gäste zu unterhalten.

Einhard hatte sich unbemerkt in eine Ecke des Raumes zurückgezogen und betrachtete das Gewirr von Menschen mit versteckter Sorge. Wer immer an diesem Abend vorhatte, dem Kaiser etwas zuleide zu tun, der würde leichtes Spiel haben. Er hielt es für eine unglaubliche Dummheit, trotz der drohenden Gefahr ein Fest wie dieses zu feiern, und sich unter so viele Menschen zu wagen. Wenn von den Fremden aus dem Morgenland tatsächlich Gefahr drohte, so konnte man sie zwar noch leicht im Auge behalten, doch die Attentäter konnten sich hinter vielerlei Masken verbergen. Und das Schlimmste war, daß, wenn man dem jungen Taugenichts Glauben schenken konnte, sogar ein Verräter in den eigenen Reihen versteckt war. Dieser Abend, so war er sich sicher, würde kein gutes Ende nehmen. Aber die Sturheit seines Herrn hatte wieder einmal gesiegt.

Eine Schar von Bäckern und Köchen strömte herein und brachte die Speisen für den ersten Gang. Einhard schauderte.

*

Die Geräusche der Nacht waren dieselben, wie sie jede Nacht über Aquis hingen. Romuald erhob sich ächzend von seinem Sitzplatz gegenüber dem Kaiserpalast.

Er war nicht wieder herausgekommen. Eigentlich war an dieser Tatsache nichts Verwunderliches. Kein Mensch konnte mit dem haarsträubend verrückten Wunsch, den Kaiser persönlich zu besuchen, in die Pfalz einsteigen, ohne am eigenen Leibe zu erfahren, daß man dafür auf dem Marktplatz an die Staupsäule gebunden und geprügelt, oder gleich im Palast mit einem ordentlichen Schwerthieb ins Jenseits befördert wurde.

Der Kaiser hatte kein stehendes Heer und keine große Zahl an Soldaten, die seine Nachtruhe bewachten. Soweit er wußte, gab es in dem gewaltigen Gebäude gerade einmal zwei Zellen, in die man gesperrt wurde, wenn man sich solche Narreteien ausdachte. Aber das reichte ja auch schon. Romuald kannte keinen, der es gewagt hätte, dort einzusteigen. So was tat man einfach nicht.

Er seufzte und ging in die Stadt zurück. Irgend etwas hatte ihm an dem kleinen Bauerntölpel gefallen. Es war schade, daß es ihn erwischt hatte.

Andererseits waren ein paar Tage oder Wochen bei Wasser und Brot vielleicht von Nutzen, wenn es darum ging, einmal zur Besinnung zu kommen. Was der ihm da aufgetischt hatte! Ha! Diese Geschichte war wirklich geradezu lächerlich.

Er brummelte ein wenig vor sich hin und schlurfte müde durch die Stadt. Das lange Sitzen hatte ihn mürbe gemacht. Er brauchte jetzt ein ordentliches Bett. Doch wo war das zu finden? Bei anderer Gelegenheit hatte er immer die Alternative ergriffen und einfach im Wirtshaus bis zum Morgen durchgesoffen. Aber das Wirtshaus... Er seufzte wieder jammervoll, als er daran vorbeiging und die Stimmen von drinnen hörte. Das konnte eine Weile dauern, bis er sich dort wieder blicken lassen durfte.

Um ihn herum war es totenstill. Manchmal, da konnte er in solchen Nächten sogar die Fledermäuse über seinem Kopf flattern hören. Sie nisteten unter den Dächern. Dort, bei dem Töpfer, wo er schon einmal ab und zu heimlich seinen Rausch ausschlief. Und auch in den alten Ruinen weiter hinten.

Romuald blieb stehen. Der Junge hatte irgendwas

von den Ruinen erzählt.

Kein Platz, an dem man schlafen sollte. Dies war ein Stück Land, von dem die alten Bewohner der Stadt heute noch glaubten, es sei verhext. Deshalb war auch noch nie jemand darauf gekommen, auf den soliden römischen Fundamenten ein neues Haus zu errichten. Man mied gemeinhin diesen Ort. Nicht einmal die Kinder spielten dort.

Unwillkürlich lenkte er seine Schritte in diese Richtung.

Er mußte vorsichtig sein. In Aquis Granum kannte er jeden Stein und stolperte fast nie, doch jetzt betrat er ein Terrain, das selbst ihm fremd war.

Wenn an den Spinnereien des Kerls doch etwas Wahres dran wäre, dann hatte er dort einen dieser Meuchelmörder beobachtet. Und einen Mann aus dem Palast.

Das war Unsinn! Er beschloß, wieder umzukehren und beim Töpfer unterzuschlüpfen. Und doch... Ein kleiner Ausflug konnte nicht schaden.

Er tastete sich langsam durch die Reste der Mauern hindurch, blieb alle paar Meter stehen und lauschte. Er durfte nicht die Orientierung verlieren, sonst fiel er nachher noch in irgendein Loch und sauste in die Tiefe. Es hieß, es gebe Keller, aus denen in der Dämmerung die Fledermäuse hervorkamen.

Etwas raschelte vor ihm am Boden im dürren Gras. Ein kleines Tier vermutlich.

Als Romuald plötzlich stolperte und hart mit den Knien auf dem halb überwucherten steinernem Boden aufschlug, da beschloß er schon fluchend umzukehren, als ihm plötzlich etwas in die Nase stieg.

Wer nicht mehr sehen kann, der hört wie ein Luchs und kann Witterung aufnehmen wie ein Schweißhund. Sein ausgeprägter Geruchssinn hatte viele Überraschungen im Ablauf eines Tages für ihn parat. Er war oft übermannt von den lieblichen Düften, die die Natur am Rande des Waldes für ihn bereithielt, und andererseits ekelte er sich aber auch viel mehr vor den Ausdünstungen seiner Kollegen als irgendein anderer von ihnen. Dies erklärte, warum er sich im Grunde genommen recht gern allein durchs Leben schlug.

Jetzt reckte er den Kopf in die Höhe und sog tief die würzige Nachtluft um sich herum ein. Er roch Klee und wilden Thymian. Er roch sogar die Steine, auf die den ganzen Tag die pralle Sonne geschienen hatte.

Aber da war noch etwas anderes. Ein süßer, betörender Duft stieg ihm in die Nase. Ein orientalisches Parfum, wie es keinesfalls an einen verhexten Ort wie diesen gehörte.

Er stolperte weiter und der Duft wurde intensiver.

Plötzlich stieß er gegen einen Mauerrest, in dessen unterem Bereich eine hölzerne Tür zu fühlen war. Er erschrak: Morsches Holz polterte zur Seite, als er versuchte, ihre Ausmaße zu ertasten. Sie war zur Hälfte in den Boden eingelassen, und die Stufen, die zu ihr hinabführen mochten, waren mit Balken und Brettern zugeworfen.

Er schnüffelte erneut, und war sich sicher, daß er an der richtigen Stelle suchte. So leise es eben ging, machte er sich daran, die Bretter zur Seite zu räumen. Während er zwischendurch immer wieder tastete, stellte er fest, daß es ihm beinahe gelungen war, die Tür frei zu räumen.

Plötzlich hörte er ein Geräusch. Es kam von der anderen Seite der Tür und klang dumpf und erstickt.

Er war ein hartgesottener Bursche, und viele schreckliche Dinge, deren Anblick sehenden Menschen das Blut in den Adern gefrieren ließ, hatte er niemals zu Gesicht bekommen. So leicht fürchtete er sich vor nichts. Und doch war ihm jetzt sehr unwohl zumute.

Als er schließlich ein paar Stufen hinabstieg und die Tür in ihrer ganzen Größe vor sich hatte, schlug ihm das Herz bis zum Hals. Er tastete nach dem Türgriff und bekam ein Schloß zu fassen. Kein großes Schloß. Etwas, das nicht ernstlich dazu diente, willensstarke Menschen davon abzuhalten, hier einzudringen. Eher ein provisorischer Schutz vor Neugier und Zufall.

Aber eben ein Schloß.

Romuald griff in sein Wams und holte etwas hervor, mit dem er sich wenige Augenblicke später an der Metallkonstruktion zu schaffen machte. Es dauerte nicht lange, und ein leises Scheppern sagte ihm, daß er das Schloß samt Halterung aus dem alten Türblatt herausgebrochen hatte. Zufrieden betastete er die Klinge des Messers, das er dem Bauernlümmel... nun, er nannte das ›entliehen‹ hatte.

Die Tür schwang ächzend auf, und der Duft wurde stärker. Er mußte sich beim Eintritt bücken. Es war ein alter, kleiner Keller, der im Laufe der Zeit halb verschüttet worden war. Es stank muffig, und die Luft war stickig und schal, und doch war da überall dieser süßliche Duft wie aus einem orientalischen Märchen.

Dann war da wieder dieses Geräusch.

Er hatte noch nie zuvor gehört, wie es sich anhört, wenn eine Frau gefesselt und geknebelt um Hilfe zu schreien versucht, aber in diesem Moment wußte er, daß genau das dieses Geräusch verursachte.

Er stolperte voran, seine Hände glitten über altes Mauerwerk und fuhren durch die Wurzeln des Gestrüpps, das langsam nach hier unten durchwucherte. Er stieß sich wieder und wieder den Kopf, und in der Tat flatterte es rechts und links an seinen Ohren vorbei. Hier waren wirklich Fledermäuse. Und plötzlich stieß sein Fuß gegen etwas Weiches.

Romuald ging in die Hocke. Er ertastete zarten Stoff und ein paar Beine, die sich, verschnürt von irgendeiner Fessel, hin- und herwanden. Seine Finger glitten weiter aufwärts, wobei er unbewußt darauf achtete, die Stellen mit der Hand zu umfahren, die man als Ehrenmann nicht berührt, wenn einem eine Frau wehrlos ausgeliefert ist.

»Ganz ruhig«, flüsterte er beruhigend. »Gleich seid Ihr wieder frei. Ganz ruhig. Nur die Ruhe!«

Dann erfühlte er ein Gesicht. Seine Finger fuhren über einen zarten, geraden Nasenrücken und volle, weiche Lippen. Und schließlich gelang es ihm, den Knebel aus dem Mund hervorzuziehen.

Zuerst vernahm er ein langgezogenes, befreites Aufatmen, und dann brach ein Schwall schriller Töne über ihn herein.

Die Worte, die durch den muffigen Kellerraum schallten, konnte er nicht verstehen. Er erkannte die kehligen Laute, die schnelle Aufeinanderfolge von

Tönen. Er hatte es bei den Muselmännern gehört, wenn sie sich auf dem Wochenmarkt unterhielten. Dies hier war ein wüstes Schimpfen. Da war er sich sicher.

Gerade wollte er nach den Fesseln tasten und versuchen, um die schlanke Hüfte der Frau zu greifen, ohne sie dabei zu sehr zu bedrängen, da packte ihn plötzlich jemand an der Schulter und riß ihn herum.

Er schlug mit dem Kopf gegen die Kellermauer und stöhnte gequält auf. Im selben Moment verstummte das Palavern der Frau wieder, das sich plötzlich in ein schrilles Gekreische verwandelt hatte. Nun war nur noch ein dumpfes Grummeln zu hören. Der Knebel war wieder an Ort und Stelle.

Dann traf ihn ein Tritt zwischen die Beine.

Höllischer Schmerz fuhr ihm in Bauch und Lenden. Er preßte die Hände zwischen die Oberschenkel und wimmerte, während er sich auf dem steinigen Boden krümmte.

Und plötzlich spürte er, wie ein dicker Steinbrocken dort auf dem Boden aufschlug, an dem nicht einmal einen Lidschlag zuvor noch sein Kopf gewesen war.

Hier wollte ihn niemand verhauen. Da war jemand bei ihm in dieser Ruine, der ihn töten wollte!

Er versuchte, sich zur Seite zu rollen, aber da war der Mann auch schon über ihm. Es schien ein großer, kräftiger Kerl zu sein. Romuald wehrte sich verzweifelt, versuchte, nach ihm zu schlagen. Dann kriegte er seinen Kopf zu packen und wunderte sich, daß er nur kleine Haarstoppeln zu fassen bekam.

Einer der Geschorenen! Enno hatte Recht gehabt.

Und dann kam ihm plötzlich der Gedanke, daß ihm

diese Erkenntnis viel zu spät aufging, denn ein säuischer Schmerz machte sich in seinem rechten Oberarm breit. Er roch Blut. Sein Gegner schlug mit einer Klinge nach ihm. Jetzt knirschte es metallen am steinernen Boden, als der nächste Hieb danebenging.

Romuald tastete nach der Waffe, die er unterm Wams trug, schloß die Hand fest um den Griff, zog sie mit einem Ruck hervor und stieß sie ohne zu zaudern in den Körper des Mannes über ihm.

Blut spritzte ihm ins Gesicht. Ein unterdrücktes Gurgeln war zu hören. Dann wurde die Last des schweren Körpers von ihm genommen, als sich der andere zur Seite neigte.

Er hörte, wie das Messer aus dem Fleisch gezogen wurde, und das Röcheln langsam erstarb. Zum Schluß schien es, als murmele der Mann mit bluterstickter Stimme: »Meins. Das ist meins...« Dann war es still.

Romuald brauchte einen Moment, um zur Besinnung zu kommen. Der Schmerz in seiner Schulter grub sich mit scharfen Zähnen durch sein Fleisch, als er sich langsam aufrappelte und auf Knien in die Richtung kroch, in der die Frau lag.

Als er erneut den Knebel aus ihrem Mund zog, begann sie laut und schrill zu schreien.

*

Es war ein üppiges Mahl gewesen. Vier Gänge hatte man den Gästen beschert, und der Wein hatte die Wangen erröten und die Stimmen lauter werden lassen. Einige der Leute drehten sich im Takt der Musik, und andere standen in kleinen Gruppen beisammen und diskutierten.

Karl musterte sein Volk mit der Ruhe eines alten Mannes. Womöglich war dies der letzte Abend seines Lebens. Gute Freunde waren anwesend. Sollte er sie schon verlassen müssen? Er war alt, litt an peinigenden Schmerzen in den Gelenken und fühlte sich müde und kraftlos. Aber sollte es so zu Ende gehen?

Er griff gedankenverloren nach einem Apfel und nach seinem Messer. Wer mit ihm speiste, wußte, daß der Kaiser nach jeder Mahlzeit einen Apfel schälte und aß. Er war ein Mann mit ausgeprägten Gewohnheiten. Sein Blick wanderte zu seinen Töchtern, die mit den Männern an einem Tisch saßen und scherzten und lachten, und ein leises Lächeln stahl sich in sein Gesicht. Sie waren sein Stolz und seine Freude. Sie machten ihm jeden Tag zu einem neuen Frühling.

In diesem Moment kamen ihm seine Söhne in den Sinn, die in diesem Augenblick weit entfernt weilten. Es waren prachtvolle Kerle, voller Liebe für ihren Vater, klug und stattlich. Aber keiner von ihnen taugte zum Regieren eines solch mächtigen Reiches, zu dem das Frankenreich in all den Jahren herangewachsen war. Noch nicht. Er ballte die Faust um das Messer und beschloß verärgert, daß dies noch nicht der Abend sein würde, an dem seine Regentschaft beendet wurde.

Also erhob er sich langsam von seinem Stuhl und beschloß, der Gefahr mutig ins Auge zu blicken, wie er es immer schon getan hatte.

Den Apfel kauend, ging er zum Platz der Orientalen, die schweigsam und unbehaglich auf ihren

Stühlen saßen und das Treiben um sich herum mit Skepsis betrachteten.

Der Kaiser zog sich einen Stuhl heran und lächelte Selim Bei freundlich an.

»Und nun erzähle mir von Abul Abbas, dem weißen Elefanten!«, sagte er und stützte die Ellenbogen auf die Tafel.

»Abul Abbas ist ein wirklich prachtvolles Tier«, begann Selim Bei zögernd, nachdem er nervös ein paar Blicke mit seinen Landsleuten gewechselt hatte. »Ein großer, kräftiger Elefant mit einer Haut fast so weiß wie das, was ihr Schnee nennt. Er entstammt einer vornehmen Zucht, die schon seit vielen Jahrhunderten am Hofe des Kalifen ihren Bestand hat. Seine Augen blicken treu wie der sonnige Tag, der nach jeder Nacht brav wiederkehrt, und seine Gestalt ist doch so furchterregend, daß jeder Feldherr, der ihn vor seinem Heer marschieren lassen würde, die Feinde in die Flucht schlüge, noch ehe ein einziger Pfeil abgeschossen wird.«

»Wo befindet sich das prächtige Tier jetzt?«, fragte Karl ungeduldig und betrachtete den Fremden voll kindlicher Neugier. In Wirklichkeit jedoch versuchte er, hinter dem Blick des Arabers etwas Verborgenes zu entdecken, das ihm Aufschluß geben konnte über das, was geschehen sollte. Aber die funkelnd schwarzen Augen waren unergründlich und verschwiegen. Karl winkte einem Diener, neuen Wein zu bringen.

»Er soll nach Italien eingeschifft werden. Wir hörten, daß er noch in diesem Jahr dort erwartet wird«, fuhr der Orientale stockend fort. »In Porto Venere wird er vermutlich an Land gehen. Ein solches Tier läßt sich nicht so schnell transportieren wie ein Packesel oder ein edles Roß.« Er erlaubte sich ein scheues Lächeln.

Der Diener kam und schenkte dem Kaiser neuen Wein in einen Becher. Als er sich daran machte, auch die Trinkgefäße der Araber nachzufüllen, lehnten diese dankend ab.

»Morgen in aller Frühe schon werden wir weiter ziehen. Wir reisen nach Colonia«, erklärte Selim Bei entschuldigend. »Deshalb möchten wir uns nun ein letztes Mal für Eure ungeheure Gastfreundschaft bedanken und zu unseren Zelten zurückkehren.

Karl bedauerte ihren Entschluß wortreich. Er beobachtete jede ihrer Gesten, achtete auf jede Bewegung, die sie machten, als sie sich anschickten, ihre Plätze zu verlassen.

»Zum Abschied habe ich noch einen Rat für Euch«, sagte Selim Bei so, als müsse er sich erst überwinden, dies auszusprechen. Jeder unvoreingenommene Beobachter hätte sein Zaudern als höfliche Zurückhaltung gedeutet. »Mir ist zu Ohren gekommen, daß ihr arg an Euren schmerzenden Gliedern und Gelenken zu leiden habt, Herr.«

Für einen Moment herrschte Stille zwischen ihnen, und Karl sah die Männer mit fragendem Blick an.

Nun sollte es geschehen! Einen Augenblick nur, bevor sie die Aula verlassen würden.

Aber was würde geschehen?

Sein Blick begegnete dem von Einhard, der, jede Faser seines Körpers aufs Äußerste gespannt, in der Nähe der Apsis stand und sie beobachtete.

»Süßer Wein ist keine gute Medizin gegen dieses

Übel«, murmelte Selim Bei und kramte in seinen Kleidern. Nach einer Weile förderte er ein kleines Fläschchen zutage, das er an einem ledernen Bändchen um den Hals trug. »Dies ist ein Trank, der mir äußerst wohltut. Denn, Ihr müßt wissen, wer so viel reist wie ich, auch den schmerzen am Abend die Knochen, daß es einem manches Mal die Tränen in die Augen treibt.« Er löste das Fläschchen an einer kleinen metallenen Öse von der Lederschlaufe und entkorkte es. »Ich fülle es täglich neu. Ein Sud aus vielerlei Kräutern, der nicht eben gut schmeckt. Aber vertraut mir, und trinkt es ganz aus. Ihr werdet sehen, wie rasch es seine Wirkung tut.«

Karl nahm das Fläschchen entgegen, das ihm über den Tisch gereicht wurde und wunderte sich, daß seine Hand dabei nicht zitterte wie dürres Laub. Er betrachtete es einen Augenblick und führte es dann zum Mund.

»Sollte es Euch tatsächlich die erwünschte Linderung bescheren, so laßt es mich rasch wissen, und ich werde Euch noch vor unserer Abreise im Morgengrauen ein Rezept der Mixtur verfassen.« Das Lächeln des Orientalen sah gequält aus.

In diesem Augenblick ertönte ein lautes Poltern und die Köpfe der Gäste fuhren herum.

Einhard war gegen einen Tisch gestoßen, und ein paar leere Weinkannen waren scheppernd umgestürzt und zu Boden gepoltert. Dort rollten sie nun auf dem Mosaik aus Ziegeln und Marmorstücken herum, und ein paar Diener sprangen rasch herbei, um das Malheur zu beseitigen. Einhard entschuldigte sich händeringend.

Da wurde Selim Bei das Fläschchen wieder in die Hand gedrückt. Als er es betrachtete, stellte er fest, daß es leer war. Der Kaiser wischte sich mit dem Handrücken über den Mund und sagte: »Ihr hattet recht. Es schmeckt übel. Ich hoffe nur«, er erhob seinen Weinbecher, »daß die Wirkung nicht beeinträchtigt wird, wenn ich den Geschmack mit einem Schluck Wein herunterspüle!« Dann stand er auf und prostete seinem frohgelaunten Gefolge zu. Ein vielstimmiger Chor antwortete ihm dröhnend.

Sechzehntes Kapitel

Es war ein ständiges Kommen und Gehen gewesen. Enno hatte die Schritte der eintreffenden Gäste über seinen Köpfen gehört, während sie durch den Haupteingang im Torhaus in den Palast strömten. Sie lachten und scherzten, und alles wirkte entspannt und gar nicht so, als nahe an diesem Abend drohendes Unheil.

Der Tag hatte sich davongeschlichen, ohne daß Enno einen letzten Sonnenstrahl zu sehen bekommen hatte. Man hatte ihn auf das Geheiß des Kaisers hin in einen Kerker gebracht, der unmittelbar unter den Räumlichkeiten der Palastwache lag. Nun hockte er im Stroh und wälzte immer wieder die Gedanken an die vergangenen drei Tage in seinem Kopf hin und her. Wie leicht konnte es geschehen, daß man seinen Kopf verlor, wenn man unachtsam in Dinge hineinstolperte, deren Ausmaß man nicht zu erfassen vermochte.

Der Gedanke, daß sich über seinem Haupt vielleicht gerade ein Aufstand gegen den Kaiser Bahn brach, kümmerte ihn nur noch wenig. Er war sich nicht sicher, ob er all denen zustimmen konnte, die den Großmut und die Weisheit Karls gepriesen hatten.

Seine Zelle war mit Gitterstäben von einem schmalen Gang abgetrennt, der zum Treppenaufgang führte. Auf der anderen Seite des Ganges gab es ein genaues Abbild seiner Zelle.

Enno war der einzige Häftling. Man hatte ihm um die Mittagsstunde Speise gebracht, und er hatte sich gewundert, daß selbst ein Schurke wie er, für den man ihn ja offensichtlich hielt, nicht mit trübem Wasser und hartem Brot gefüttert wurde, sondern einen Brocken Fleisch und warme Bohnen serviert bekam. Sollte dies schon die Henkersmahlzeit gewesen sein?

Seit der grimmige Wachmann ihm das Essen unter dem Gitter hindurchgeschoben hatte, hatte er keine Menschenseele mehr zu Gesicht bekommen.

Und so saß er in der Dunkelheit seines Verlieses, ließ die Hände gedankenverloren durch die muffigen Strohhalme gleiten und wünschte sich nichts sehnlicher herbei als den Schlaf und einen Traum, der ihn in ein fernes Land entführen würde, in dem alles sonnenbeschienen und lichtdurchflutet war.

Aber die Zeit verrann, ohne daß er einschlummerte.

Und dann erschien plötzlich ein feuerroter Schopf im Halbdunkel des Treppenaufgangs, und ein verlockender Duft von gebratenem Wildbret stieg ihm in die Nase.

Bertha kam vorsichtig näher, einen großen Zinnteller in den Händen, und blickte sich angeekelt in dem finsteren Verlies um. Ihr auf dem Fuß folgte der Wächter mit einem Licht.

Ihre leichtfüßige Art, wie sie auf die Gittertür zuschwebte, die leise flüsternden Stoffe ihres Kleides und ihre milchweiße Haut paßten so gar nicht in diese garstige Kulisse. Sie schien in der Dämmerung beinahe zu leuchten.

Bertha sprach kein Wort und bedeutete dem Wächter mit einem Wink des Kopfes, er möge das Türschloß öffnen.

Dann trat sie in die Zelle, und das Stroh knisterte

um ihre zarten Füße. Hinter ihr fiel die Gittertür mit einem metallischen Scheppern wieder zu, und der Wächter drehte den Schlüssel im Schloß.

»Laßt uns allein«, sagte Bertha energisch, und ihre Stimme schallte zwischen den nackten Mauern. Der Wärter zögerte einen Augenblick und starrte ratlos auf die Tochter seines Herrn. Er würde nicht wagen, sich ihren Befehlen zu widersetzen, aber war es ratsam, sie mit dem Inhaftierten allein in der Zelle zu lassen?

Ihre weiße Hand griff zwischen den Gitterstäben durch. »Gib mir den Schlüssel und halte oben an der Treppe Wache. So kann ich heraus, wenn er frech wird.«

Wieder stutzte der Wächter und löste nur zögernd einen großen Schlüssel von seinem Bund.

Enno und Bertha beobachteten stumm, wie er die Treppe hinauf verschwand, nicht ohne sich zuvor noch ein halbes Dutzend mal skeptisch umgeblickt zu haben.

»Oben wird ein Fest gefeiert«, durchbrach Bertha die Stille. Ihr Blick ruhte sanft auf Enno, der immer noch überrascht am Boden hockte und mit geweitetem Blick zu ihr hinaufsah. »Ich dachte, es würde dir nicht schaden, wenn du ein wenig mitfeiern könntest.« Sie bückte sich, um den Teller vor ihm abzustellen, wobei ihr leuchtend weißer Busen ihm gefährlich nahe kam. »Obst und frisches Brot. Ochsenfleisch und eine Hasenkeule«, sagte sie und sah ihm tief in die Augen. »Es dauert mich, daß du hier unten schmachten mußt.«

»Aber ich weiß nicht... ich bin doch nur der Sohn armer Bauern. Schmutzig, des Mordes angeklagt... Ihr solltet nicht...«, stammelte Enno mit krächzender

Stimme. Er verstummte, als sie ihm zart die Hand auf die zerschrammte Wange legte und leise lachte.

»Du Dummkopf. Bilde dir nichts ein, was dein Blut allzu sehr in Wallung bringt! Ich verabscheue zwar kein Strohbett, und ich bin auch nicht zimperlich, wenn es um Bauernsöhne geht, solange sie so stattlich gebaut sind, wie du es bist. Aber Angilbert, mein Liebster, würde es nicht gutheißen, wenn ich seine Abwesenheit dazu nutzte, mich mit anderen Männern zu vergnügen.« Gerade erst hatte er seine Hand zitternd auf die ihre gelegt, als sie sie auch schon abschüttelte und sich rasch wieder aufrichtete.

Sie zupfte ihr Gewand zurecht und sagte: »Und nun iß.«

»Eigentlich habe ich gar keinen rechten Hunger«, erwiderte Enno vorsichtig. »Das Herumsitzen macht träge und lustlos.«

»Nun gut«, sagte Bertha, und in ihren Worten glaubte er einen kecken Unterton zu hören. Sie öffnete die Tür mit Hilfe des Schlüssels und schob sie wieder hinter sich zu. Als sie auf die Treppe zuging, warf sie ihm einen letzten Blick zu und sagte: »Dann solltest du nicht soviel herumsitzen. Lauf. Bewege dich!«

Enno starrte ihr mit weit geöffnetem Mund nach. Zaghaft erhob er sich und machte ein paar Schritte auf das Gitter zu. Er konnte nicht glauben, was er da bemerkte. Sie hatte die Tür nicht wieder abgeschlossen!

*

Einhard erblickte Bertha zuerst. Sie trat langsam in die Halle, in der noch immer fröhlich gezecht wurde. Graf Isambart hatte begonnen, das Lautenspiel der Musikanten mit schrägem Gesang zu begleiten. Er hatte eine bekannte Melodie mit einem heiteren Text versehen, der sich über Karls Verwunderung ob seiner unverhofften Kaiserkrönung lustig machte.

Der Kaiser saß in seinem Thronsessel und nahm den Spott gelassen hin. Isambart war ein alter Freund, dem man manches lose Wort verzieh.

»Habt Ihr es geschafft?«, fragte Einhard aus dem Mundwinkel heraus. Bertha nickte kaum merklich.

»Ich habe die Wache für einen Moment abgelenkt. Ihr wißt, daß mir dies nicht schwerfällt. Wenn er klug ist, hat er die Gelegenheit genutzt.«

Einhard strich sich nervös über die Stirn. »Gut. Dann muß es jetzt geschehen.« Er durchquerte den Raum und schlängelte sich zwischen den Gästen durch, bis er den Kaiser erreicht hatte. Er trat wortlos vor ihn hin und nickte, und in den Augen seines Herrn erkannte er dessen mühsam verborgene Aufregung.

Karl der Große erhob sich und legte seinem Schreiber Einhard die Hand auf die Schulter. Er legte die andere Hand in der Höhe seines Magens auf sein leinenes Hemd und flüsterte Einhard ein paar Worte ins Ohr, die keiner der Umstehenden verstand.

Einigen war bereits aufgefallen, daß der Kaiser im Verlauf dieses Abends nicht halb so redselig und so heiter gewesen war, wie es normalerweise bei Festen dieser Art der Fall war.

Nun blickten sie ihm staunend nach, wie er dem

Ausgang entgegenstrebte, und sahen fragend Einhard an, der auf einen Stuhl gestiegen war und mit einem Löffel an einen Zinnkrug klopfte, um sich Gehör zu verschaffen.

Karls Töchter strömten aus der Gästemenge an die Seite ihres Vaters und verließen, aufgeregt tuschelnd, mit ihm den Saal.

»Der Kaiser läßt seinen unverhofften Aufbruch entschuldigen«, rief Einhard, so laut er konnte. »Ein plötzliches Unwohlsein hat sich seiner bemächtigt. Er ist gegangen, sich im Bett auszukurieren, läßt Euch allen allerdings ausrichten, er habe große Freude daran, wenn Ihr noch lange weiterfeiern möget, bis der Tag anbricht!«

Allgemeines Bedauern machte sich breit, und allenthalben setzte Gemurmel ein. Spekulationen über den Grund des Unwohlseins machten die Runde, und Einhard ließ aufmerksam seinen Blick herumgehen, in der Hoffnung, ihr Plan möge aufgehen, und der verräterische Höfling möge sich verraten.

In diesem Augenblick erschien die Palastwache in der Tür. Aufgeregt blickte der Mann umher und entdeckte schließlich Einhard, der immer noch über den Köpfen der anderen Gäste auf dem Stuhl stand.

Mit hartem Schritt bahnte sich der bewaffnete Mann einen Weg durch die Menge und ging auf den Schreiber zu.

Einhards Herz schlug wild vor Aufregung. Alles lief genauso, wie es der Kaiser ersonnen hatte! Er stieg vom Stuhl und ließ sich von der Wache mit dem Ausdruck tiefster Zerknirschung die Neuigkeiten mitteilen.

Einen Augenblick später verkündete er erneut von seinem Stuhl: »Ich bitte um Verständnis dafür, wenn jeder von Euch, wenn er nachher den Palast verläßt, um nach Hause zu gehen, von einer Palastwache beobachtet und geschützt wird! Ein Zwischenfall hat sich ereignet, der keinen Grund zur Besorgnis darstellen soll. Ein Häftling ist entflohen, dem es heute nacht gelungen ist, in den Palast einzudringen. Ein verwirrter Geist, jedoch harmlos, wie es scheint! Für keinen von Euch besteht Gefahr für Leib und Leben!«

Und zwischen den erstaunten Gesichtern der Menge sah er jemanden, dessen Miene sich auf der Stelle verfinsterte und der nervös an seinem Wams herumzupfte.

Einhard stieg langsam von seinem Stuhl, ohne dabei den Mann aus den Augen zu lassen. Ein kalter Schauer lief ihm über den Rücken, als er sah, daß dieser sich, vorsichtig nach allen Seiten umblickend, zum Ausgang bewegte.

Er hatte gehofft, sich zu irren, aber jede Bewegung des Mannes sprach eine so deutliche Sprache, daß kein Zweifel möglich war.

Sie hatten eine Falle aufgestellt und der Verräter tappte geradewegs hinein.

Siebzehntes Kapitel

Enno sah nur den Rücken der breitschultrigen Wache. Berthas leise Stimme verlor sich in der geräumigen Torhalle. Eine ihrer Hände tauchte auf der Schulter des schwerbewaffneten Mannes auf, und wieder schoß ihm durch den Kopf, daß die Damen des Hofes ein furchtbar unausgefülltes Leben führen mußten, wenn sie sich auf derlei Dinge einließen.

Zu seiner Linken war der Weg frei. Er schlüpfte in das Halbdunkel des Torbogens, wobei er immer wieder den Kopf zu den beiden Gestalten umwandte, die sich in ihrem Geflüster jedoch nicht stören ließen.

Dann öffnete er das bronzene Tor. Es glitt fast geräuschlos auf, wofür sich Enno mit einem Stoßgebet bedankte. Doch hatte das schwere Tor durch seine Nervosität einen solchen Schwung bekommen, daß es seiner Hand entglitt, sich vollends öffnete und schließlich donnernd gegen die innere Palastmauer schlug.

Enno registrierte gerade noch aus dem Augenwinkel, daß die Wache herumfuhr und mit einem Ausdruck der Verblüffung versuchte, die Situation zu begreifen. Dann lief er so schnell er konnte. Er schaute nicht nach rechts oder links, sondern rannte nur los, so schnell ihn seine Füße trugen. In die Nacht hinein. In die kühle, frische Luft der Nacht über Aquis Granum.

Er hörte hinter sich donnerndes Gebrüll, hörte Flüche und das Getrampel von Füßen, aber je weiter er lief, um so stiller wurde es um ihn herum. Niemand war mehr auf den Straßen, keiner stellte sich ihm in den Weg. Er rannte und rannte, bis er irgendwann seinen

Verfolger nicht mehr hinter sich wähnte, und sich atemlos keuchend flach an eine Hauswand drückte.

Es brauste in seinen Ohren und er schnappte nach Luft. Erst dann hörte er weit entfernte Stimmen langsam wieder näherkommen.

Hätte er doch nur nicht auf Romuald gehört und das Pferd versilbert! Auf seinem Rücken hätte er wenigstens die Stadt hinter sich lassen können. Womöglich hätte er irgendwo in der Ferne eine Zuflucht gefunden. Aber hier in der Stadt war er den Häschern des Kaisers schutzlos ausgeliefert!

Wo war das blinde Schlitzohr Romuald? Jetzt, da er wieder einmal Hilfe gebrauchen konnte, war er nirgends zu sehen!

Sie kamen näher.

Er lief in die nächste Nebengasse. In der Ferne entdeckte er den Gasthof, in dem er noch in der vergangenen Nacht gesessen hatte. Doch zu seinem namenlosen Entsetzen tauchte genau in diesem Augenblick vor der Eingangstür der Kaschemme ein Wachmann auf.

Einen anderen erspähte er um die nächste Hausecke in der entgegengesetzten Richtung!

Er saß in der Falle!

Am liebsten wäre er auf die Knie gefallen, um in einem verzweifelten Gebet Gott um seine Rettung anzuflehen, aber...

Da schoß ihm plötzlich eine winzige Möglichkeit durch den Kopf, für eine gewisse Zeit seine Jäger abzuschütteln! Es gab in ganz Aquis vermutlich nur einen einzigen Platz, an dem er unbehelligt eine Weile ausharren und beten konnte!

Er blickte sich nach seinen Verfolgern um. Es konnte gelingen, dort würden sie ihn nicht suchen!

*

»Ricbald?« Der Kaiser hielt entsetzt inne. Seit er in seiner Kammer verschwunden war, war er rastlos auf- und abgeschritten und hatte seine Gedanken um die Ereignisse des Abends kreisen lassen.

Den vermutlich giftigen Saft an seinem Mund vorbei durch den Bart rinnen zu lassen, war keine Kunst gewesen. Immerhin hatte ihm sein getreuer Einhard mit seiner Ungeschicklichkeit ein famoses Ablenkungsmanöver geliefert.

Doch wie schwer würde es werden herauszufinden, wer innerhalb des Palastes gemeinsame Sache mit den Verschwörern, mit den mörderischen Nachfahren seines toten Vetters Tassilo machte? Wenn sein Plan nicht aufging, mußte er von nun an in der beängstigenden Ungewißheit leben, daß jemand aus seinem Hofstaat intrigierte und die nächste Gelegenheit nutzen würde, um den mächtigsten Mann des Abendlandes zu töten! Er konnte doch nicht aufgrund eines Verdachts seinen ganzen Hofstaat inhaftieren oder gar töten lassen!

Dann war Einhard erschienen, hatte gestammelt und sich geziert und hatte dann zögernd berichtet, daß es allem Anschein nach Ricbald war, auf den es aufzupassen galt!

Ricbald, sein treu ergebener Seneschall, den er vor nicht allzu langer Zeit erst in Rom in dieses verantwortungsvolle Amt gehoben hatte, nachdem Audulf gestorben war. In seiner Brust krampfte sich etwas zusammen. Er rieb sich den Nacken und seufzte tief.

»Das trifft mich hart, Einhard. Ich kann es kaum glauben.«

»Es besteht kein Grund mehr, daran zu zweifeln, Herr«, sagte der Schreiber betrübt. »Er sprach mich vor der Aula an und erkundigte sich besorgt nach dem jungen Burschen. Ich berichtete ihm, daß der Häftling angeblich in der vergangenen Nacht einem Zweikampf mit dem Bären entronnen wäre und in den Palast eindrang, um Euch vor Verschwörern zu warnen. Genauso, wie wir es am Nachmittag besprochen haben.«

»Und was tat er?«

»Er wartete ab, bis ich außer Sicht war und verließ voller Hast die Pfalz. Ich habe zwei Mann hinterher geschickt.«

»Nun gut«, murmelte Karl und legte die Hände auf die Lehne eines Stuhls. »Jetzt müssen wir warten.«

Von außen wurde heftig gegen die Tür geklopft.

»Wer ist da?«, fragte Einhard erschrocken, und der Kaiser schickte sich an, im Nachbarzimmer zu verschwinden.

»Laßt mich herein«, ertönte Berthas Stimme, und einen Augenblick später stand die Tochter des Kaisers in der Kammer, faßte ihren Vater bei den Händen und sah ihn sorgenvoll an. Zwischen ihren Augenbrauen hatte sich eine tiefe Falte in ihre Stirn gegraben.

»Weißt du schon etwas Neues?«, fragte sie gequält. »Ich mache mir große Vorwürfe, Vater. Wenn ihm etwas zustößt, werde ich genauso große Schuld empfinden, wie du selbst!«

Der Kaiser schüttelte den Kopf. »Er ist auf der Flucht. Und das ist das einzige, was ich weiß. Die Wachen haben ihn verloren. Er ist unser Köder, so grausam sich das anhört, mein Kind. Aber wenn er nur halb so kämpferisch ist, wie er es uns bis jetzt gezeigt hat, dann hat er eine Möglichkeit am Leben zu bleiben.«

Kurze Zeit später klopfte eine Wache an die Tür und berichtete, daß eine junge, orientalische Frau in den Ruinen der alten römischen Villa gefunden wurde. Ein blinder Bettler hatte im Zweikampf offensichtlich den Mann getötet, der sie gefangengehalten hatte.

Der Kaiser und sein Schreiber nickten sich zustimmend zu. Das Schema der Verschwörung wurde langsam deutlich.

»Hatte der Getötete einen geschorenen Schädel?«, fragte Karl hastig.

Der Wächter bejahte. »Ein kahlgeschorener Schädel und ein schwarzer Bart.«

Ein Lächeln huschte über das Gesicht des Herrschers. »Es ist kaum zu glauben, was sich alles ereignet, während all meine Freunde in der Aula gemütlich zechen und singen«, murmelte er. »Ich werde nicht mehr lange in dieser Kammer ausharren können, Einhard. Dies ist kein Aufenthaltsort für einen Mann, der auf Europas Schlachtfeldern zuhause ist. Ich will den Toten so schnell wie möglich sehen!«

*

Da lief der Mann! Er war jung an Jahren und hatte eine sehnige Gestalt. Sein Haar wirbelte ihm bei jedem Schritt in goldblonden Fransen um den Kopf. Er wirkte gehetzt und sah sich furchtsam nach allen Seiten um.

Theodo drückte sich ganz fest in die Mauernische. Zuerst hatte er, als die Palastwache hinter dem Kerl in die Nacht hinausstürmte, furchtbare Angst bekommen, sein schlauer Plan sei vereitelt worden. Er hatte Flüche gen Himmel geschickt und war versucht gewesen, seinen Bruder auf seinem Wachtposten bei den Ruinen aufzusuchen, um ihm zu sagen, daß alles aus wäre.

Aber wegen der Wachen hatte er sich nicht aus seinem Versteck herausgetraut und hatte beschlossen, zu warten, um den Soldaten zuerst Gelegenheit zu geben, den Flüchtigen wieder einzufangen. Wer dieser junge Mann gewesen war, der dem Kerker entsprungen war, hatte er nicht gewußt. Wahrscheinlich hatte es sich um irgendeinen Strauchdieb gehandelt, der beim Stehlen erwischt worden war.

Doch dann war Ricbald erschienen. Im Pferdestall, der unweit des Torhauses auf der anderen Straßenseite lag. Genau wie sie es besprochen hatten.

Der alte Ricbald hatte mit den Armen gefuchtelt und gestammelt, und der Schweiß troff ihm in Strömen vom Körper.

Das Herz hatte ihm im Leib gehüpft, als Ricbald schließlich herausbrachte, daß alles geglückt sei, daß die Orientalen ihre Mission erfüllt hätten, und daß der Kaiser mit Magengrimmen in seinem Bett läge.

Aber dann hatte er von dem Jungen berichtet. Von demselben, der angeblich in der vorigen Nacht im brolium vom Bären verschlungen worden war.

Und dann hatte Ricbald noch mehr Ärger gemacht. Er hatte lamentiert und war im Stall herumgerannt, und Theodo hatte ihn immer wieder ermahnen müssen, leiser zu sein und sich nicht durch sein Geschrei zu verraten.

Ricbald hatte keine Ruhe gegeben.

Er hatte eigentlich von Anfang an keine Ruhe gegeben. Durch seine Adern floß nicht das kalte Blut, das man für ein solches Unternehmen brauchte, das hatte er vom Anfang dieser Geschichte an gewußt. Aber sie hatten ihn gebraucht. Er war ein widerspenstiges, aber nützliches Werkzeug gewesen. Aber jetzt, da das Werk nahezu vollendet war...

Für Zauderer und Feiglinge von Ricbalds Format hatten sie keine Verwendung!

Nun: er hatte Ricbald kurzerhand die Klinge durch den Hals gezogen, hatte seinen fetten, stacheligen Hals mit einer unglaublich schnellen Handbewegung aufgeschlitzt. Blut war in einer wahren Fontäne hervorgeschossen und hatte den strohbedeckten Boden schneller besprenkelt, als der schwere Körper des Seneschalls in sich zusammensacken und umstürzen konnte.

Notdürftig hatte er die klobige, noch warme Leiche zwischen die Leiber zweier geduldig wiederkäuender Rinder geschleift und mit Stroh bedeckt. Dann hatte er sich wieder auf seinen Wachposten begeben.

Und jetzt kam da dieser junge Kerl. Ein schlaues Bürschlein, zweifellos, denn während die Soldaten die Straßen durchkämmten und ihn weit weg von der Pfalz auf der Flucht wähnten, kehrte er an den einzigen Ort zurück, an dem er zunächst nicht gefunden werden konnte: In den Palast selber.

»Pech, mein Kleiner«, murmelte Theodo leise und schälte sich aus seiner Mauernische. »Wirklich bedauerliches Pech.«

*

Jeder Schritt, den er tat, auch wenn er sich noch so sehr abmühte, ihn leise zu tun, rief ein vielfaches Echo hervor, das sich in der Höhe des Raumes langsam in einem leisen Flüstern verlor.

Um ihn herum wuchsen die mächtigen Säulen der Pfalzkapelle aus dem Boden, deren Marmor aus Rom und Ravenna stammte, strebten drei Stockwerke hoch in den Himmel und trugen ein mächtiges Kuppelgewölbe, aus dem das Lamm Gottes gütig auf ihn herabblickte, umringt von den vier Symbolen der Evangelisten: dem geflügelten Stierkalb des Lukas, dem Löwen des Markus, dem Adler des Johannes und dem Antlitz des Matthäus. Umkränzt von den vierundzwanzig Ältesten der Apokalypse, glitzernden Sternen und farbigen Ornamenten, kunstfertig geschaffen in einem Mosaik, das jeden Zentimeter der Kuppel und auch jeden tiefer gelegenen, angrenzenden Altarraum ausschmückte. Von den Säulen gestützt, konnte die Kuppel regelrecht in der Höhe schweben, ganz ohne Schwere, als habe man ein Stück aus dem Schwarz der Nacht herausgeschnitten und blicke nun geradewegs in das Reich Gottes.

Die zurückliegenden Wände waren mit kunstvollen

Wandmalereien ausgeschmückt, der Boden war ebenfalls aus wertvollen Mosaiken gefertigt.

Enno ließ ungläubig den Blick über all die Pracht streichen, über die Mosaike und Darstellungen, die er nicht verstand, über die kostbaren Baustoffe, deren Herkunft er nicht kannte. Er sah nur, daß all die pompöse Pracht, die ihn umgab, farbenfroh und fremdländisch, ganz und gar anders war, als alles, was er in diesem Leben bisher gesehen hatte. Selbst seine Träume und Phantasien wurden von dieser atemberaubenden Schönheit bei weitem übertroffen.

Die Kerzenleuchter an den Wänden spendeten nur spärliches Licht, und Enno versuchte, sich vorzustellen, wie unvergleichlich all das aussehen mochte, wenn erst einmal der helle Tag durch die Fenster hindurch all die Pracht beleuchtete und das Gold erstrahlen und die Edelsteine glitzern lassen würde.

Enno sank fassungslos auf die Knie und legte den Kopf weit in den Nacken, um die Schönheit weiter auf sich wirken zu lassen.

Wenn seine Flucht möglicherweise hier beendet sein würde, dann würde er den Gedanken an den Glanz dieses Bauwerkes mit in das tiefste Dunkel des Kerkers nehmen.

Stumm begann er, ein Gebet zu formulieren, denn er fühlte, daß in diesem Raum Gott zu ihm sprach. Gott, der als einziger wußte, welches Unrecht ihm widerfuhr.

Enno begann leise zu weinen. Und die Stille umfing ihn wie ein tröstlicher Mantel.

Doch dann hörte er ein trockenes Husten.

Nicht so unterdrückt, wie es jemand tut, der seine

Anwesenheit zu verbergen sucht. Eher so, wie jemand hustet, der auf sich aufmerksam machen will, der jemanden aus den Gedanken hochschrecken und in die Wirklichkeit zurückholen will.

»Man ist doch nirgendwo ungestört.« Die Stimme klang spöttisch und rauh. Ihr Klang war zugleich scharf und unerbittlich. Sie schallte durch die leere Kapelle, und als Enno herumfuhr, entdeckte er den Mann, zu dem sie gehörte.

Und er erblickte den zweiten der beiden Mörder. Es war der kleinere, derjenige, der ihm von Anfang an mehr Angst eingeflößt hatte, weil man ihm ansah, daß er klüger und gerissener war, weil man ahnte, daß in seinem Kopf ein Gehirn arbeitete, das sich ungeheuerliche Verbrechen auszudenken vermochte.

Er stand vor der Tür des Haupteingangs und zeigte grinsend eine Reihe weißer Zähne, während er langsam auf ihn zukam.

»Du bist ein schlauer Bursche«, sagte der Fremde mit aufgesetzter Freundlichkeit. »Hier wärest du wahrscheinlich wirklich nicht so rasch behelligt worden.«

Unaufhaltsam kam er auf Enno zu, der sich langsam erhob. Er hätte weglaufen sollen, das wußte er in diesem Augenblick genau, aber er war wie paralysiert, gefesselt von dem stechenden Blick des Fremden und fest gebannt an den Platz, an dem er stand.

»Mein Bruder ist ein roher Mensch«, sagte der Mann und senkte die Lautstärke, da er nun nur noch wenige Schritte entfernt war. »Es war eine sehr dumme Idee, dich im brolium um dein Leben rennen zu lassen. Dumm und grausam.«

Nun hatte er Enno beinahe erreicht. »Du bist jemand, der allen davonläuft«, sagte er leise. »Jemand, der durch alle Maschen schlüpft. Dem Bären bist du entkommen und den Palastwachen...«

Und mit einem Satz sprang er auf Enno zu und packte ihn bei den Haaren. »Aber mir entkommst du nicht!«

Enno löste sich aus seiner Erstarrung und versuchte nach dem Angreifer zu schlagen. Sein Kopf wurde herumgerissen und der Fremde förderte scheinbar aus dem Nichts ein Messer zutage, dessen Klinge im Schein der flackernden Kerzen aufblitzte.

»Was weißt du?«, zischte er, und seine Stimme drang mit solcher Schärfe in Ennos Ohr, wie die Klinge selbst schärfer nicht sein konnte. »Sag mir, was du weißt.«

Enno versuchte verzweifelt, sich Bewegungsfreiheit zu verschaffen, seine Arme ruderten im Nichts umher. Und die Schneide des Fremden kam immer näher an sein Gesicht heran.

Was immer er sagte, er würde nicht verschont werden. Er konnte flehen und jammern, konnte Unschuld heucheln und den Unwissenden spielen. Vor diesem Mann konnte er nichts verbergen.

»Alles!«, stieß er haßerfüllt aus. »Ich weiß alles! Und der Kaiser weiß es auch! Er versteht es nur nicht!«

»Es nützt euch beiden nichts!« Das Mordinstrument setzte an, fühlte sich kühl und hart an an seiner Gurgel.

In diesem Augenblick ertönte die Glocke zum Nachtgebet, leise, blechern.

Nur für einen winzigen Moment war der Fremde

abgelenkt, und Enno gelang es, ihm seinen Ellenbogen in den Magen zu stoßen. Der Mann gab ein unterdrücktes Stöhnen von sich und wich zurück, Enno entwand sich seinem Griff, und die Klinge schnitt in seine Stirn über dem rechten Auge.

Enno holte ein weiteres Mal aus und traf den Mann nun mit einem harten Schlag am Kinn. Die Kapuze des Mannes fiel ihm vom Kopf, und sein kahler Schädel wurde sichtbar. Eine lederne Tasche, die er an der Seite getragen hatte, fiel zu Boden, und Enno hörte das klingende Geräusch des Messers, das herunterfiel und auf dem Mosaikboden davonschlidderte

Blut schoß aus der Wunde über seinem Auge hervor und trübte seinen Blick mit roten Schlieren, aber er war frei...

Blindlings wandte er sich nun um und taumelte vorwärts, hörte hinter sich die Schritte des Mannes, der ihm nachsetzte und irgendwo aus der Höhe die Glocke, welche die Mönche zum Gebet rief. Er wischte mit dem Ärmel durch sein Gesicht, um wieder etwas sehen zu können und erkannte im Halbdunkel den Anfang eines gewundenen Treppenhauses. Das Läuten verstärkte sich in seinen Ohren zu scheppemdem Lärm.

Gerade als er die erste Stufe erreicht hatte, warf sich der Fremde zu Boden und konnte gerade noch seinen Fuß packen.

Ennos Hände glitten an den steinernen Stufen ab, und er strampelte panisch mit den Füßen, bis er seinem Verfolger einen schmerzvollen Tritt in das Gesicht versetzt hatte.

So schnell es ging, rappelte er sich auf und taumelte die Wendel hinauf. Er warf sich in dem engen Treppenhaus, das sich schwarz und steil zu der ersten Etage emporschraubte, von einer Wand zur anderen und nahm jedes Mal neuen Schwung, um die nächsten Stufen zu nehmen.

Da war der Fremde auch schon erneut bei ihm.

Wieder hatte er ihn gepackt und drosch mit den Fäusten auf ihn ein. Eng verschlungen, ein Bündel raufender Leiber, stürzten sie auf der Galerie, die um das achteckige Rund der Kapelle führte, aus der Öffnung des Treppenhauses hinaus, hart auf den Steinboden.

Ennos Schädel schlug krachend gegen einen steinernen Block, der an dieser Stelle aus dem Boden wuchs, und grelle Blitze schossen ihm in die Augen. Über sich erkannte er die Umrisse eines marmornen Sitzes. Ein paar Stufen führten empor. Sie kämpften zu Füßen des Kaiserthrons.

Enno holte kraftlos aus und trat mit dem Fuß in die Richtung, in der er seinen Angreifer vermutete. Aber der Tritt ging ins Leere.

Dann war der Mann über ihm. Ein heftiger Schlag vor das Kinn warf Ennos Kopf brutal herum. Der zweite Schlag ließ irgend etwas in seiner Nase bersten. Immer noch floß das Blut über sein Gesicht, und Enno konnte nur noch kraftlos japsen und nach Luft schnappen. Er war zu keiner Gegenwehr mehr fähig.

»Ich werde mir doch nicht...«, ächzte der Mann und schlug erneut zu, »...von einem dahergelaufenen Rotzlöffel wie dir...«, wieder folgte ein Hieb, »... meinen Plan zunichte machen lassen.«

Als Enno wie leblos am Boden lag, fühlte er, wie der

Mann ihn im Nacken seines Wamses packte und seinen wehrlosen Körper zu dem Metallgeländer zerrte.

»Jeder dieser Morde wird auf dein Konto gehen«, stieß der Mann hervor, während er versuchte Enno aufzurichten. »Jeder einzelne. Du hast sie alle auf dem Gewissen. Und du wirst sterben, damit niemand die Wahrheit erfährt. Du kommst mir wie gerufen, Bürschchen.«

Ennos Oberkörper hing schlaff über das Geländer. Als er seine Augen öffnete, sah er unter sich in weiter Ferne den Boden der Basilika, schwankend, taumelnd, blutrot. Das Keuchen des Mannes war ganz dicht bei seinem Ohr, und mit einem Mal wünschte er sich nur noch, daß nun endlich alles vorbei sein möge.

Und wenn der Tod der letzte Ausweg war, dann eben...

»Halt!«, donnerte eine Stimme schallend durch die Basilika

»Mir scheint, du hast etwas verloren!« Kaiser Karl hielt etwas in den Händen, das er Theodos Ledertasche entnommen hatte. Das spärliche Licht der Kerzen erhellte nur notdürftig die Schrift auf dem gefälschten Dokument, während der Kaiser mit gerunzelter Stirn die Zeilen überflog.

In der Höhe hielten die beiden Männer in ihrem Kampf inne.

»Ich habe ihn gefaßt!«, schrie Theodo. »Ich habe Euren Ausbrecher, Majestät!«

»Du bist Theodo, Sohn des Tassilo?«

Eisiges Schweigen hing in der Luft. Nur das Schwerterklirren und Füßescharren der Wachen wurde laut, die sich langsam um ihren Kaiser scharten.

»Ich bin stolz darauf!«, kam es schrill aus der Höhe. »Mein Bruder und ich, wir sind zurückgekehrt. Damit habt Ihr nicht gerechnet, was?«

»Ich hatte gehofft, Eure Sippe nie wiederzusehen!«, rief Karl und rollte das Pergament zusammen. »Euch und den, den ich einst Pippin nannte.«

»Er haßt Euch!«, schrie Theodo, und seine Stimme überschlug sich. »Er wünscht Euch den Tod. Er und dieser Wicht hier haben sich gegen Euch verbündet. Seid mir dankbar! Begnadigt meinen Bruder und mich!« Theodos Blick wurde irr. Seine Augen schienen aus ihren Höhlen herausquellen zu wollen.

Der Kaiser betrachtete nachdenklich das länglich gerollte Schriftstück in seiner Hand. Er trat an einen Kerzenleuchter und sagte halblaut, so daß seine Stimme gerade noch hinauf bis zu seinem Thron getragen wurde: »Wie soll ich einem Verräter Glauben schenken, der ein Verräter geblieben ist und immer ein Verräter bleiben wird?«

Mit diesen Worten hielt er das Ende des Pergaments über die Kerze, und sofort sprang die kleine Flamme auf die trockene Kalbshaut über, wuchs knisternd zu einer großen, flackernden Zunge heran und leckte schon Sekunden später an dem ganzen Dokument. Der Kaiser hielt es bis zuletzt in der hoch erhobenen Hand, ließ es schließlich los, und zu Boden flatterte nur noch ein kleiner flackernder Fetzen, dessen Enden in schwarzer Asche zertanzten.

»Neeein!«, schrie Theodo und reckte sich nach vorne.

In diesem Moment verlor Enno das Gleichgewicht. Sein geschwächter Körper sackte nach vorne, seine Hände griffen hilflos ins Leere, er bekam Theodos Gürtel zu fassen, klammerte sich daran fest, merkte, wie er plötzlich ganz leicht wurde, spürte nicht mehr das metallene Geländer unter sich, fühlte nur noch, wie der Luftzug an seinen Kleidern riß, ihm die Haare ins Gesicht stoben, hörte nur noch den markerschütternden Schrei des Mannes, der neben ihm war, und eine halbe Ewigkeit später erfüllte ein widerliches Bersten und Krachen seine Ohren.

Und dann war er im Himmel.

Sein Leid hatte ein Ende.

Er sah das Antlitz der liebreizenden Bertha, das an ihm vorbeihuschte und sich wie im Nebelschleier auflöste, und er sah den blinden Romuald, der dröhnend lachte. Den alten Pater Frodulf sah er und die schimpfenden Fratzen seines Onkels und seiner Tante.

Sterne kreisten in unaufhaltsamem Wirbel umher, und dann sah er das Lamm Gottes, und er wußte, daß alle Schmerzen nun ein Ende hatten.

Er war erlöst.

Aber das Lamm Gottes war wirklich da. Es war weit über ihm in seiner Kuppel und war ein Bild des Friedens und des Trostes.

Es war von fleißigen Arbeitern in Tausenden von Mosaiksteinchen in die Decke des Gewölbes hineingearbeitet worden.

Er bewegte seinen rechten Arm.

Er lebte.

Und dann sah er die Männer, die mit entsetzten

Gesichtern um ihn herumstanden und es nicht wagten, ihn anzurühren. Einhard war da, und mehrere Männer von der Palastwache.

Er ertastete den Leichnam seines Widersachers, der unter ihm lag. Er fühlte Stoff, erkaltende Haut, und als er plötzlich merkte, daß seine eigene Wunde auf dem Rücken wieder begonnen hatte zu schmerzen, da begriff er das Wunder, daß doch noch nicht alles zu Ende war.

Der Kaiser sah, vom Boden aus betrachtet, noch viel größer aus, als er ohnehin schon war. Er sah aus, als reiche sein graues Haupt bis in die Kuppel der Basilika hinein.

Dann kniete der Kaiser neben ihm nieder. Er tat es mit Schmerzen, wie sein verkniffener Gesichtsausdruck zeigte.

»Zuletzt, mein Junge, habe ich zu Weihnachten in Rom gekniet, und bei dieser Gelegenheit hat man mir gleich eine Kaiserkrone auf das Haupt gesetzt«, begann er mit einem Lächeln um die Mundwinkel. »Wenn du nicht gewesen wärst, hätte unser Land seinen Herrscher verloren und unsere Kirche ihren Beschützer. Der Kaiser kniet nicht vor anderen Menschen. Heute will ich eine Ausnahme machen. Ich danke dir.«

Er legte die Hand auf Ennos Brust, durch die der Atem in flachen Stößen ging.

»Hast du einen innigen Wunsch, den ich dir erfüllen kann?«

Langsam öffnete Enno die Lippen. In seinen Mundwinkeln begann das Blut zu trocknen.

»Einen Wunsch? Wenn ich keine Wünsche hätte,

wäre ich tot.« Seine Lippen formten die Worte nur sehr schwerfällig. »Ich möchte schreiben lernen, Herr. Es gibt nichts auf der Welt, was ich mir sehnlicher wünsche.«

Der Kaiser lächelte milde. »Nun gut. Möge dir dabei mehr Talent beschieden sein, als ich es je hatte.«

Epilog

Über dem Kloster Prüm kräuselten sich federleichte Wolken an einem sonst strahlend blauen Himmelszelt.

Der Abend kroch heran, die Luft roch würzig und war voll mit Schwärmen tanzender Mücken.

Hier im Klostergarten herrschte beschaulicher Friede. Die Mönche waren in den Beeten beschäftigt, lockerten den Boden und banden Ranken hoch.

Einer von ihnen kroch auf den Knien über die Steinplatten des Gehweges und kratzte mit Hilfe eines kleinen Messerchens Unkraut aus den Ritzen. Er tat es klaglos und ohne Verdruß. Dies war die Arbeit, die im Moment noch seine Tage füllte, aber wenn sich alles so fügte, wie er es sich erhoffte, würde er schon bald wieder ein freier Mann sein. Der Gedanke an eine solche Zukunft machte ihn ruhig und besonnen, schenkte ihm seit langem Hoffnung und Zuversicht. Er geleitete ihn durch den eintönigen Tag und war ihm bei der Nacht ein sanftes Kissen, auf das er sein kahles Haupt betten konnte.

In diesem Moment trat mit schlurfenden Schritten Abt Assuer an seine Seite. Pippin hielt mit seiner Arbeit inne und wandte ihm den Kopf zu. In Abt Assuers Gesicht war nichts zu lesen, was Aufschluß darüber geben konnte, warum er zu ihm in den Klostergarten gekommen war. Der Abt war ein wortkarger Mensch, dem man nicht viel entlocken konnte.

»Es gibt Nachrichten aus Aquis Granum«, sagte der alte Mann und ließ den Blick gedankenverloren über die Kräuterbeete streifen.

Pippin wagte nicht zu atmen.

Es war geschehen!

Sie hatten es vollbracht!

»Es ist eine kurze Nachricht für dich, Bruder Pippin. Sehr kurz. Eigentlich ist es eine sehr kryptische Botschaft...«

Pippin konnte sich nur mühsam beherrschen vor Neugier. »Was sagt man?«

»Es ist sehr passend in gerade dieser Situation, wo du hier das Unkraut auszupfst, Bruder. Eine göttliche Fügung, möchte man annehmen. Die Botschaft lautet: Das Unkraut ist entfernt worden...«

Jetzt konnte sich der bucklige Mönch nicht mehr halten. Er sprang auf die Füße und warf die Hände in die Luft. Sein deformierter Körper bäumte sich auf vor Freude.

»Verzeiht meinen ungestümen Ausbruch, Pater, aber es ist der Ausdruck meiner unbändigen Freude!«

Beschwichtigend erhob der alte Mönch die Hand und fuhr fort: »Die Botschaft lautet: Das Unkraut ist entfernt... und David lebt. Sie kommt von deinem Vater, unserem Kaiser und Beschützer. Und er lieferte dazu keinerlei Kommentar. Nun fange damit an, was du willst und fahre fort in deiner Arbeit. Der Tag geht zur Neige.«

Da kniete Pippin wortlos nieder und nahm das Messer wieder in die Hand. Er fuhr fort, die kleinen grünen Triebe der Unkräuter und des Grases zwischen den Steinplatten herauszuschaben, so wie er es weiter bis an sein Lebensende tun würde.

Glossar

Matutina - Morgengebet um vier Uhr
Camba - Brau- und Backhaus des Klosters
Prim - Frühgebet um sechs Uhr
Hufe - Landwirtschaftlicher Grundbesitz oder auch Flächenmaß
Heuuimanoth - der Monat Juli
Mansionarius - Kaiserlicher Vorbote
Heerisliez - Untreue und Meuterei
Gyueniche - Givenich
Villa Schiteringe - Das Dorf Schuttrange/Schüttringen
Notarii - von »Notarius«: XXX
Brolium - »Brühl«: Tiergarten
Scriptorium - Schreibstube
Codices - »codex«: In Buchform zusammengeheftete Pergamentseiten
Buticularius - Mundschenk
Senescalus - Seneschall
Staupsäule - Schandpfahl

PETER HANDKE

Jugend eines Schriftstellers